靈異校園推理

密室吊死詭

胡杰 著

目次

第一章　教室

1

「我現在住的房子，是一間鬼屋。」

程伊玲的視線只在游慧妤臉上停了半秒鐘，只停了半秒鐘，就「噗哧」笑出聲來。

「屁啦。」

一聽見程伊玲透過娃娃音蹦出不雅字眼，游慧妤就面紅耳赤。

「拜託，我騙妳幹麼？」

游慧妤愈是正經八百，程伊玲就笑得愈放肆。再加上其他同學的音量一波強過一波，教室裏頭人聲鼎沸。

幾分鐘前，大家坐著滑了一上午的手機，肚子都餓了，爭相討論午餐要吃些什麼。

有同學說要吃排骨飯，也有同學說要吃牛肉麵；有同學說要吃簡餐，也有同學說要吃水餃……人多嘴雜，完全沒把臺上的三角眼教授放在眼裏。三角眼教授不斷拉高分貝，要求台下稍安勿躁，但無濟於事。

最後，除了教授自己，整間教室裏沒有半個人在聽他講課。

有同學說要吃小火鍋，也有同學說要吃潛艇堡。說著說者，大家都快流下口水了。

游慧妤在這種節骨眼上冒出來攪局。她特地繞到程伊玲的座位後方，附耳說道：「程伊玲，我要告訴妳一個秘密。」

「說！我這人最喜歡聽秘密了。」

程伊玲精神抖擻起來。游慧妤扶正眼鏡鏡框後，說：「這是我昨天才知道的。昨天，上午，不對，下午才知道的，有人好心跟我講的。」

「嗯，怎樣呢？」

程伊玲坐直上半身，洗耳恭聽。

「是一個很可怕、很可怕的秘密。」

「嗯嗯嗯……」

「都怪我消息太不靈通。要是能早一點知道的話，我就可以……」

「喔！別賣關子啦，快說吧！」

「好啦，我說。」游慧妤被程伊玲兇得畏首畏尾：「這個秘密就是……」

「快說快說！」

「我現在住的房子，是一間鬼屋。」

2

「屁啦。」

「拜託，我騙妳幹麼？」

一陣訕笑後，程伊玲揉揉眼角，挺起灰色連帽T恤下的胸膛。

「別傻了。」她對蹲在她座位後方的游慧妤猛搖手掌：「本姑娘是不會上當的！」

「幹麼這樣啊？」

「什麼鬼屋？我不信。」

「我是說真的！」

「喂，妳現在住的地方我又不是沒去過！」程伊玲鼓起她厚實的香腸嘴：「那裏怎麼看，也不至於到鬼屋的地步吧？」

她的強勢，迫使游慧妤愈蹲愈低。

「可是，妳只有在樓下晃晃而已，又沒有進去過，怎麼知道那不是鬼屋呢？」

游慧妤此話一出，倒讓程伊玲呆了呆。

的確。兩個月前的開學第一週，游慧妤邀請程伊玲去新居參觀時，程伊玲只有在樓下晃晃而已，並沒有進到屋子裏去。

因為，一彎進兩側停滿汽車與機車的狹窄死巷，走近那老朽的公寓外牆，程伊玲就翻起白眼，十足興趣缺缺。

「好可惜。本來，我們還可以在這裏重續舊緣的……」

一旁的游慧妤望向公寓外牆，幽幽地說。

這喚起了大學一年級時兩人在校內宿舍同居一室的美好回憶。對程伊玲而言，體型袖珍的游慧妤個性低調，做人既不張揚，遇事也沒什麼主見，正好與性子急、自我意識強而情緒又陰晴不定的自己互補，是絕佳的室友人選。

那一年裏兩人相安無事，從未因意見不合而拌過嘴、吵過架。

但校規明定，校內宿舍僅限大一新生入住。同時，程伊玲又基於私人因素決定搬回家住。所以升上二年級後，這對好室友不得不分道揚鑣。儘管捨不得，兩人幸好還是同班同學，彼此見面的機會還是很多。

程伊玲心想，如果她們還能繼續當室友，當然不賴；可如果是要在這棟老公寓裏繼續當室友，她就要考慮考慮了。

起碼也挑個時尚一點的學生套房嘛！游慧妤也真是的。

「那是因為，這裏的房租很便宜啊。」

游慧妤辯解道。程伊玲反唇相譏：

「是能便宜到哪裏去啊？」

「我已經上網查過學校附近所有的空房，也問過不少人了。這裏我敢說，是最最便宜的。」

「是嗎？」

老家在南投市區開小吃店的游慧妤手頭並不寬裕。私立大學每學期的學費，以及臺北昂貴的生活開銷，教會她能省則省。

這一點，程伊玲也不是不能體諒。

「好吧，妳住得高興就好。」

說完她轉身跨步，準備離開，左手腕不意被游慧妤一把拉住。

「喂！妳不進去看看嗎？」

「進去啊？下次吧。」

這自然是推託之辭。游慧妤歪著嘴角苦笑：

「幹麼這樣啊？」

「我們還有重要任務在身咧。」

「重要任務？」

「我們要趕去五分埔掃街啊。妳忘啦？」

容易失憶，也是游慧妤的罩門之一。她蠶豆般的小眼目光一亮：「啊。對喔，我都忘了。」

「全臺北最物美價廉的衣服，都在那邊等我們唷。」

「真的是！」

「走吧走吧，沒時間了。」

「沒時間了……」

「幹！都十一點五十五了，還不下課！」

後排的男同學這一暴喝，程伊玲才在亂哄哄的教室裏回過神來。

更有些男同學忍無可忍，拿起包包，就這麼大喇喇地行經三角眼教授的面前，從教室落跑。

教授不為所動，繼續氣定神閒地偏離講題，向台下炫耀他的寶貝獨生子一路在美國出生、求學與謀職的豐功偉業。

並且雞婆地在白板上精算出他培植獨生子的成本與效益……

程伊玲嘆了口氣，幫蹲著的游慧妤身上的格紋襯衫翻好衣領，說：「所以，鬼屋的事，妳不是在唬我的囉？」

「好好地我幹麼唬妳啊？」

「那妳是怎麼知道的呢？」
「我剛剛說啦。昨天上午，不對，下午，有人好心跟我講的。」
「那人是誰？」
「賣蚵仔麵線的老闆。不，正確地說應該是老闆的兒子。那間蚵仔麵線店，就在我住的房子的斜對面樓下。」
「那間店開很久了嗎？」
「……也許是吧，我也不知道。」游慧妤抓抓髮根。
「麵線店老闆的兒子跟妳講，說妳住的房子是鬼屋？」
「對。」
「那妳自己有見過鬼嗎？」
「我？」
「妳有在妳住的房子裏頭親眼見過鬼，或是親身經歷過什麼靈異事件嗎？」
「這個……倒沒有。」
「沒有就好啊！」
「可是……」游慧妤吞吞吐吐：「老闆的兒子掛保證說，千真萬確，我住的房子是鬼屋。」
「哎唷，妳幹麼自己嚇自己啊？」
「不是我自己嚇自己。他有說，在那裏的鬼，是一個吊死鬼。」游慧妤的聲音細如蚊蠅。
「吊死鬼？」
「聽到這三個關鍵字，妳不覺得有點耳熟嗎？」

「耳熟？有嗎？」程伊玲眨動長睫毛，嘟起香腸嘴搜尋記憶：「我沒有印象咧。」

「完蛋，妳被我的失憶症給傳染了。」

「一定是！」

「妳還記得彭威愷學長吧？」

瞬間，程伊玲面色一沉：「妳沒事提他的名字幹麼？」

「別氣嘛。」游慧妤安撫程伊玲道：「妳忘了嗎？那個『本校學姊的吊死鬼詛咒』，不就是他告訴我們的嗎？」

因為在臉書上封鎖了彭威愷這個人，所以一併把他曾轉述過的吊死鬼詛咒，也暫時塵封在自己的記憶深處了。

多虧游慧妤提醒，程伊玲這才想了起來。

妳們倆把耳朵豎起來，聽好囉。

如果妳們住在學校附近的話，可要當心啦。因為，夜裏睡到一半的時候，會有穿紅色衣服的吊死鬼身影飄浮在妳們的頭上。

長髮覆面的吊死鬼會一邊飄浮著，一邊嘴裏不斷碎念，對妳們施下可怕的詛咒喔，呵呵呵。

那可怕的詛咒就是……

兩人對望了十秒之久。其間，游慧妤噤若寒蟬；程伊玲也沉默不語。

要不是十秒過後下課鐘聲終於在教室外的長廊響起，她們可能還會這樣僵持下去。

「那麼，我們今天就上到這裏。下禮拜我還會點名，請同學準時出席……」

三角眼教授話還沒講完，台下的學生就已紛紛站起來，一面收拾東西、一面喧鬧不已。

混亂中，程伊玲將她不算大的雙眼瞇得更細，伸了個懶腰，以掩飾內心的不安。

這回，換她對游慧妤附耳道：

「妳該不會認為，那位學姊當年上吊的地方，好死不死地，就在妳現在住的房子裏吧？」

游慧妤慘白著一張臉，點頭如搗蒜。

3

正逢午餐的尖峰時刻，學校周邊的餐廳，全數客滿。

連程伊玲與游慧妤常去的那間便當店內也是門庭若市，一個空位都沒有。她們外帶了兩客魚排飯後，就直接殺到下午一點鐘要上課的電腦專業教室裏。

裏面有兩、三位同學也正在用餐。程伊玲跟她們草草說聲「嗨」，便推擠著游慧妤坐到教室角落的座位區中。

「要打妳自己打，我是不會打的。」

程伊玲將外帶的紙餐盒扔在電腦桌上，手攏了攏直長的頭髮，冷冷地說。

「幹麼這樣啊？」游慧妤略顯慌張，鏡片後的單眼皮跳啊跳地：「只是打通電話而已嘛。」

程伊玲伸出修長的十指，拆掉綁住紙餐盒的橡皮筋，再抽出塑膠袋裏的免洗木筷：

「我已經把他的電話號碼刪除了，妳逼我也沒用。」

「那我用我的手機撥，撥通了妳再來講。」

「不—要！要講妳自己講。」

「啊？我講啊？妳講比較好吧。」

「休想。」程伊玲臉藏在液晶螢幕後，口氣愈趨嚴峻：「我答應讓妳打給他，已經很夠意思了。」

「好啦好啦，我打。」

游慧妤讓步。她在座位上弓起短短的身軀，從隨身提袋中拿出繫有玩偶吊飾的手機，慢慢低頭找號碼、撥號。

手機轟然傳來對方的重金屬音樂來電答鈴。

玩偶吊飾也為之震動。程伊玲皺緊眉頭，將重金屬音樂與大口魚排一同嚥下肚去。

「喂，彭威愷學長嗎？我是……對對對。沒有啦，是有事想問你。不是不是，是你上次講過的那個吊死鬼的詛咒……什麼？伊玲嗎？她在我旁邊啊……沒有沒有，在學校，我們就在……」

程伊玲在游慧妤臉前拼命搖手，少根筋的游慧妤還是說溜了嘴：「……系館的電腦專業教室。」

吐血！

「啊？你要來啊？不好吧……這樣喔？喔，好吧好吧，我們等你……」

游慧妤說完，切掉通話。

「妳白目啊！」

程伊玲高舉整盒魚排飯，作勢要往游慧妤頭上倒下去。游慧妤縮起脖子，哀求道：「饒命啊。學長他太強勢了啦，我攔不住他……」

「強勢個屁！是妳太弱了好不好？」

「我很不會拒絕別人的，妳又不是不知道。」

「不管，這是妳闖的禍。等會兒他來，就由妳來跟他互動！」

「不行啦，他的目標是妳，又不是我……」

「不管！」

「我不行的啦……」

「不管！不管！」

程伊玲第二個「管」字剛出口，耳畔就響起她這輩子最不想聽到的破音：「甜心學妹，好久不見！」

昏倒。

只見一個身材高大的男生火速衝進電腦專業教室。他身穿老氣的黑夾克與卡其長褲，新燙的花椰菜頭中竄出幾根短瀏海，飄盪在寬闊的額頭上。短眉毛下的兩片單眼皮，則腫脹得有如便利商店裏的茶葉蛋。有如擺在便利商店裏，那種泡了多久都賣不出去的陳年茶葉蛋。

他就是四年級的彭威愷學長。以誇張的言行在系上無人不知、無人不曉。一見他現身，電腦專業教室裏的同學都竊笑起來。

「學長，你動作也太快了吧！」

游慧妤訝異道。彭威愷將雙臂舉向天花板呈V字形，氣喘噓噓：「為了甜心學妹，再快也值得。」

其他同學一聽就笑得東倒西歪。程伊玲看了，火冒三丈。

彭威愷垂下雙臂後，疾步走向程伊玲：「甜心學妹，妳今天吃魚排飯啊？好有氣質啊……」

「你一來，我就不想吃了。」

程伊玲立時回嘴。彭威愷搔搔額頭，瞠目結舌：「喔？為什麼咧？」

「幹麼裝傻？明知故問……」

程伊玲還沒唸完，T恤後的連帽就被游慧妤拉了一下。

「不要這樣嘛。」

游慧妤對程伊玲咕噥，再對彭威愷道：「我說學長，你還沒吃飯嗎？」

「還沒。因為餐廳人太多了。我打算一點鐘之後再去吃，那時候就不用人擠人了。」彭威愷神氣活現地說：「這個叫作『藍海策略』。一般人是採用『紅海策略』，我是採用藍海策略，不一樣。妳們曉得什麼是藍海策略嗎？藍色的藍、海洋的海、策略的策、策略的略。不曉得吧？一定不曉得吧？妳們是學妹嘛，年紀還小，很多事都不懂，我也不怪妳們。不過，妳們應該學學我，這樣人生才會過得更有效率……」

程伊玲差點脫口而出：「要我學你，不如一頭去撞死。」

彭威愷彎下腰，雙手撐在程伊玲座位的電腦桌面上：

「甜心學妹，妳最近都沒有接我的電話，也沒有回我的訊息，讓我很擔心呢……」

「彭先生，你講話的音量可以小一點嗎？」

「喔，對不起，甜心學妹。我是說，妳最近都沒有接我的電話，也沒有回我的訊息，讓我很擔心……」

「你不必再重覆一遍啦！」

「怕妳沒聽見嘛。妳為什麼都不理我呢？」

「……我很忙的啊。」

「都在忙些什麼？可以跟學長我分享分享嗎？」

程伊玲正要回吼「干你屁事」時，游慧妤看苗頭不對，趕快打圓場道：

「學長。我們請你來，是要問你吊死鬼詛咒的事……」

「哦？吊死鬼的詛咒啊……」

彭威愷收回撐在電腦桌面上的雙手，交抱在胸前。

「是啊，那個『本校學姊的吊死鬼詛咒』。就是我們大一剛進學校時，你在迎新營會上跟我們講過的鬼故事。」

游慧妤說。程伊玲在心裏O. S.：

「就是你在迎新營會上喋喋不休，纏了我們一晚上，害我們都沒時間去認識其他人的那個鬼故事。」

「那不是故事喔，是真人真事。」

彭威愷的表情轉為嚴肅。游慧妤雙掌合什，求道：「你可以再講一次嗎？」

「再講一次？」

「不行嗎？」

「也不是不行啦。不過，與其聽我口述，妳們還不如直接看一篇貼文咧。」

「有貼文喔？」

程伊玲與游慧妤異口同聲。彭威愷點頭：

「網址是以重重加密的形式，上個月才被貼在國外的論壇上的，保證台灣還沒什麼人看過。」

彭威愷從褲袋裏取出手機，在螢幕上滑動手指搜索著。

「妳們看……」

本校學姊的吊死鬼詛咒

話說很多年很多年以前（大概有二十年以上吧），有一位本校的女學生（不要問我她的姓名、系級以及長相等等。我如果知道，就會寫出來了），我們的學姊，在學校附近租房子住時，結識一個有婦之夫的中年大叔（也不要問我他的姓名、歲數、職業、財力以及長相等等。我如果知道，就會寫出來了）。

兩個人可說是天雷勾動地火，一拍即合。暗地裏交往沒多久，學姊就懷了孕。肚子一大，就被原形畢露的中年大叔始亂終棄（雄性動物都是這樣嗎？是的。十個男人中，有九個都是這樣）。學姊無力挽回，痛不欲生，只好換穿紅衣走上絕路，在住處以跳繩上吊自殺（一屍兩命，好悲哀啊）。

從此以後，那房子就開始鬧鬼。

據住過那裏的舊房客Carol、「小玉」與「北極熊貓」表示，三更半夜躺在床上時，會有長髮蓋住臉孔的紅衣女鬼，浮在窗邊若隱若現（這樣還睡得著嗎？）。

起初，房客們還以為自己眼睛花了。隨著日子一天天過去，女鬼出現的次數會愈來愈頻繁、待的時間會愈來愈長（媽呀，這到底是誰家啊？）……

不僅如此，她還會探進窗來，俯身在房客們的耳邊低訴：「黑窩、黑窩……」

（黑窩？這是什麼外星話啊？）

毛骨悚然，嚇都嚇死人啦。

如果房客中有像「天地一沙鷗」（好老派的名字）這樣粗線條的人，敢置之不理的話，女鬼的「低訴」會一晚比一晚更急切、一晚比一晚更淒厲（也太鬧了吧？）。最終，演變成魔音穿腦般的嘶吼：「壞黑窩！壞黑窩！」

以及：「……否則就勒死妳！」

到了這個地步，已經沒有房客能撐得下去。退租的退租、逃之夭夭的逃之夭夭……

那麼，一定會有人問：那間凶宅現在還在嗎？還有在出租嗎？

嘿嘿，答案是肯定的。

那間凶宅現在還在，而且還有在出租。只不過，租金非常低廉就是了。

總是有沒聽過此詛咒的學生傻傻地被租金吸引，就搬進去住啦（希望那些人不是正在看這篇文章的你，或妳）。

接著，一定又會有人問：那間凶宅在哪裏？外觀長什麼樣子？

嘿嘿，這可就說不準啦。

有人說，是在學校後山上的小木屋。可是放眼望去，那山上好像已經沒有什麼小木屋了。

又有人說，是位於山腰上的獨棟別墅，也就是美軍駐台時若干高階軍官的居所。後來陸續改建，轉手給本地的政商名流。

但到處打聽後，也沒有問出哪棟別墅先前有死過人（即使是，他們也不會大方承認）。

這麼一來，就剩下從學校前門出去後，那些巷弄裏的公寓民宅與電梯大樓了。

那可能性就多啦，誰知道是哪一戶呢？有興趣的人，不妨去跟那幾位見過鬼的舊房客聯繫（我是還沒去啦）。

至於那位負心的中年大叔呢？

聽說，他正悠然與家人安享晚年，既沒有良知上的愧疚，也沒有道德上的虧欠。心安理得，彷彿船過水無痕。

「她的死是意外，跟我一點關係也沒有。」

他的家人，也跟他口徑一致。

聽了之後，不覺得學姊母子的命丟得太不值得了嗎（有的時候，人還是要想開一點）？

這樣說起來，學姊死後化作厲鬼，夜夜去騷擾房客，也是情有可原的啊。

下次，我們這些做學弟、學妹的如果在窗邊看到她的話，也為她打點氣，或為她做點什麼吧。

作者的署名，不多不少就是「吊死鬼」三個字。

「筆調怪怪的文章。」

這是程伊玲讀完後的感想。她身旁的游慧妤敷衍道：「喔。」

「不懂作者的立場為何？前半部還一副幸災樂禍的口吻，到了後半部，又轉而同情起那位學姊來了。妳說是不是？」

程伊玲轉向游慧妤，發現後者欲言又止，盯著彭威愷手機螢幕的臉更為慘白。

怎麼了嗎？

程伊玲只好繼續發表感想：

「而且，文章提供的資訊也很模糊。學姊與中年大叔的個人資料，以及那間凶宅的地點，都沒有交待清楚。重點是，那個『黑窩』、『壞黑窩』指的是什麼啊？是那個吊死鬼住的窩嗎？」她邊說邊把手機還給彭威愷：「我想跟作者求證這些疑點。」

「嗯，求證。」

彭威愷愣頭愣腦地說。程伊玲問道：「你最近沒什麼事嘛，對不對？」

「我？我其實有很多事哩。有兩門課的期中報告下個禮拜要交，一份是下禮拜三、一份是下禮拜五。那兩個老師好像約好了似地，統統都排在一起。另外，我有擔任系主任的教學助理，主任說……」

程伊玲插嘴道：「所以，你不願意幫我的忙囉？」

「幫妳的忙？開什麼玩笑？甜心學妹的事，就是我的事。我當然願意！」

「那你幫我查一下，這個作者的真實身分跟聯絡方式，然後安排我跟他見面。」

「是！沒問題，這簡單。」

「就這樣了，愈快愈好。我們要上課了，那就……」程伊玲勉為其難：「先謝謝你啦。」

「不用謝、不用謝、不用謝。」

送走喜形於色的彭威愷後，程伊玲繼續吃著冷掉的魚排飯。

沒吃幾口，游慧妤的低喃聲就入耳：「錯不了。」

「什麼東西錯不了？」

「那位學姊當年上吊的地方，就是在我住的房子裏。」

游慧妤閃爍著悲傷的眼神。

「妳確定嗎？」

「百分之百確定。」

「這麼確定？是那篇文章裏透露了什麼線索嗎？」

「是文章裏的一句話。」

「哪句話？」

「女鬼在舊房客的耳邊低訴的話：『黑窩、黑窩、壞黑窩……』」

「這話……」

「跟古瑄慈告訴過我的內容，一字不差。」

游慧妤抖著雙唇說。程伊玲放下筷子，皺緊眉頭：「古瑄慈是誰啊？」

「是我室友。她告訴我說，晚上睡覺時，她親耳聽過這句話。」

「什麼？這麼重要的事，妳怎麼一直都沒說？」

「我還來不及說嘛……」

「輸給妳了！」程伊玲對游慧妤比了個中指：「妳還有什麼沒說的？」

「就是……那位學姊的姓氏……」

「恬恬吃三碗公！妳還知道她的全名？」

程伊玲拍桌。游慧妤搖頭道：「沒有沒有，我不知道她的全名，但是我知道她姓戴。」

「是戴綠帽的戴嗎？妳是從哪裏知道的？」

「也是聽蚵仔麵線店老闆的兒子講的。」

「媽呀，妳敘述事情的方式太跳tone了、太跳tone了。」程伊玲連翻了好幾個白眼：「可不可以請妳，請妳請妳請妳，按照事情發生的始末，從頭到尾，順一遍給我聽。不要只丟給我一些時序混雜的片段，這樣我會瘋掉。」

「好啦，冷靜冷靜……」

「我是很想幫妳的！」

「我知道我知道。」游慧妤用指尖捲了綹及肩的髮梢：「我想一想，那就先從昨天中午，我去那個蚵仔麵線攤開始講起吧……」

4

不好吃免錢！

斜對面樓下的蚵仔麵線店，門口的膠片招牌底下，以加強的粗體標註了這五個大字，還用漫畫中表示大聲話語的波狀線條圈住。

不好吃免錢。

游慧妤在南投的老家也賣小吃，小本經營的甘苦如人飲水、冷暖自知。每夜小吃店打烊後，父親孤坐店內，反覆在廢紙上將帳目結算來結算去的傷神畫面，深深烙印在她的腦海裏。

只要盈餘一不理想，父親就會唸唸有詞，時而發出「嘖」的怨言，罵個幾句。

牽怒兒女的情節，也常常上演。

因此，在收支上斤斤計較都來不及了，要像那間蚵仔麵線店一樣，對客人大放送做慈善事業，實在沒啥可能。

更何況，如果每個客人吃完了都說不好吃、都不付錢的話，這店還撐得下去嗎？

不好吃免錢？

結論是，這五個大字，只是用來引客人上鉤的噱頭罷了。

游慧妤不喜歡這些有的沒的噱頭，所以搬來這裏兩個多月了，經過那間麵線店前好幾次，她都沒進去光顧過。
全怪他們不老老實實做生意。
不過，今天中午出門時有點晚了。而想到學校周邊那些大排長龍的餐廳，就令她卻步。
假如，改去那間麵線店……
重點是，平常坐鎮在店門口麵線攤的都是同一個臉皮又鬆又垮的糟老頭，教人倒盡胃口。
而今天，卻換成了一位高高的年輕帥哥。
一位高高的、看了讓人賞心悅目的年輕帥哥……
嗯。於是，出了公寓大門後，游慧妤就拎著手提包，逕往那塊標註「不好吃免錢」的膠片招牌走去。
謝天謝地，店內沒有客人。她在麵線攤前停下腳步，近距離凝視帥哥。
帥哥的五官較深，有那麼一點像混血兒。因為沒有生意，所以一面站在麵線攤後低頭滑手機，一面吞雲吐霧。
「不好意思……」游慧妤沙啞著嗓子開口：「大腸蚵仔麵線一碗。」
「大碗還是小碗？」
帥哥不苟言笑，右手放下手機、左手扔掉嘴上的煙蒂問。
「小碗的就好了。」
游慧妤的食量一向不大。帥哥右手握起長勺，左手在反疊的美耐皿麵碗與保麗龍免洗碗間游移：「這邊吃？帶走？」
「這邊吃。」
這樣才能欣賞他久一點。帥哥左手捧起麵碗，又問：「要臭豆腐嗎？要泡菜嗎？」

吃麵線如果不配這兩樣東西，好像說不過去。

游慧妤點頭應道：「都要。」

「大份？小份？」

「大份，不，小份的就可以了。」

點完，游慧妤坐進店內的鐵板凳上。由於高懸在牆上的電視機電源沒開，店內顯得十分安靜。她就在如此安靜的午間，欣賞店門口的帥哥背影。

帥哥舀麵線、炸臭豆腐、挾泡菜的動作很快。兩三下工夫，就把東西全端過來了。還隨手帶了把紅柄剪刀，將放在游慧妤桌上的臭豆腐剪開。

「謝謝。」游慧妤說。

送完了餐，看游慧妤吃了兩口麵線後，帥哥還站在桌邊，沒有離去的意思。

怎麼了嗎？

游慧妤不解。她看看帥哥，帥哥也意味深長地看著她，並指了指對面的公寓：「妳是大學生吧？我剛剛看妳從那棟下大門出來。」

剛剛他不是一直在抽煙、滑手機嗎？還有空注意到我？

「嗯。」

「妳住那邊嗎？」

游慧妤受寵若驚。

他是在跟我搭訕嗎？畢竟我全身上下，除了又挺又直的鼻樑外，都沒什麼好讓我有自信。

搞不好這人有怪癖，就是會對鼻樑挺直的女生情不自禁。果真如此，那我今天可就賺到啦。

游慧妤一顆心小鹿亂撞，頷首道：「對啊。」

帥哥還是不苟言笑：「妳是住幾樓呢？」

愈來愈刺激了。游慧妤緊張得透不過氣來：「我住四樓。」

「左邊還是右邊？」

問那麼細要幹麼？真的對我有企圖啊？不要啦，不要那麼直接啦……

「從你們店門口看過去的右邊。」

帥哥聞言，一屁股在游慧妤對面的座位坐下，表情五味雜陳。

這麼快就要告白了？我一點心理準備都沒有啊。游慧妤將及肩的髮梢往後撥弄時，不由得腦中缺氧，喉嚨愈來愈緊。

「右邊啊。妳住多久了呢？」

「九月初才搬來的，到現在兩個多月。」

「這兩個多月裏，妳住得還好嗎？」

「還好啊。」

「沒有發生什麼怪事？」

什麼東東啊？

「沒有啊。」

「沒有？」帥哥趨前，嘴形僵硬：「告訴妳一件事，妳不要被嚇到了。」

光是這樣講，就足以讓膽小的游慧妤嚇個半死。

「那……你是要說什麼呢？」

她戰戰兢兢。帥哥森然道：「妳現在住的房子，是一間鬼屋。」

什麼？鬼屋？

「真的假的？你騙我的吧？」

游慧妤從鐵板凳上彈了起來，手上的調羹也掉落在地。

帥哥幫她撿起調羹，說：「我沒騙妳，這一帶的居民都知道。在那裏的鬼，是一個吊死鬼。」

「好噁啊！不要啦！」

「我老爸今天不在店裏。」帥哥指指麵線攤：「要不然，妳可以問他，他知道得最多。」

「我不想問他……」

「那個吊死鬼是個女生，姓戴。」

「你為什麼連這個也知道啊？」

「她會出現在半夜的窗外，然後對屋裏的人重覆一些很恐怖的話……」

「討厭啦……」游慧妤摀住耳朵：「幹麼這樣？我不聽、我不聽……」

「之前的舊房客，每一個幾乎都聽過喔……」

「哇……」

「那些話就是……」

結果，游慧妤點的東西一樣都沒吃完。錢乖乖照付後，她就落荒而逃。

到校上課時，她一整個心神不寧。不論是老師還是同學所講的話，她半個字都聽不進去。

就像個遊魂似地，虛度了一下午。

「要不要找她商量呢？」

看著程伊玲坐在教室裏的長髮側影，游慧妤幾經猶豫。

程伊玲擺出張撲克臉來。大概心情又不好了，還是打消念頭，別去招惹她吧。

訊息也別傳了。否則，以她的個性，一定會回敬兩個字：「屁啦。」

可是……

吊死鬼云云，在本校可不是無稽之談。

本校學姊的吊死鬼詛咒！

自從在大一的迎新營會上被彭威愷學長揭露後，游慧妤與程伊玲就持續從本校「批踢踢」上的討論區中，印證這個傳說的威力。

去問同學、學長姊與助教，答案都是「老早就聽說過了，當然有這回事啊」。

甚至連老師們也信誓旦旦……

不容她們倆不信。只是，其中繪聲繪影的八卦居多；很少人能列舉出具體的人、時、地來。

日子一久，她們也就沒怎麼放在心上了。如果帥哥說的吊死鬼，跟這個詛咒中的吊死鬼是同一個的話……

不寒而慄。還是冒著挨罵的風險，去問問程伊玲吧。然而一下課，就有兩個同班男生不怕死，堵在程伊玲前面找她講話。

雖然異性緣不斷，但程伊玲絕少給人家什麼好臉色看，尤其是當她心情不好的時候。

果然，兩個男生愈是講得興高采烈、手舞足蹈，她的臉就愈臭。

不想被捲進預料中的難堪場面。游慧妤抓起手提包，先行走人。

等明天程伊玲氣消了，再跟她提什麼吊死鬼的事吧。

結束連鎖咖啡店的晚班工讀，騎車回到住處時，已是深夜。

游慧妤拖著蹣跚的腳步上樓，用鑰匙打開鐵門後，發現擺在前陽臺裏的清一色是女鞋。

喔？那位中年大叔蔣俊生不在？

她拉開大門，走進客廳。

右手邊依序有三個房間。三扇房門的門縫底下，只有室友古瑄慈的那間透出些許燈光。

另外一位學姊八成已經睡了。游慧妤用鑰匙打開自己的房門後，朝地墊放下手提包，然後去後面的廁所盥洗。

洗好澡、換上乾淨衣服出來後，古瑄慈房門的門縫底下還是亮著的。

游慧妤進了房間，拿出手機一看，古瑄慈掛在線上。游慧妤匆匆輸入了三個字：

睡了嗎？

古瑄慈回覆道：

怎麼可能？

妳一個人喔？

古瑄慈回了一個笑臉符號。

他沒來喔？

古瑄慈又回了一個笑臉符號。

你們還好嗎？

我們好得很。妳想太多了！
那就好。
妳去打工了嗎？
嗯。
很累吧？
還好。
早點休息吧。
我可以問妳一件事嗎？
問吧。
妳知道斜對面的那間蚵仔麵線店嗎？
當然知道。
我今天中午去那邊吃飯，帥哥老闆說……
老闆不是老頭嗎？
今天換成帥哥了。
是喔？
他說……
說什麼？妳快講啊。
他說，我們住的房子是鬼屋。
古瑄慈回了一個鬼臉符號。

而且他說，出現在這裏的是一個吊死鬼。

最好是！

那個吊死鬼會飄浮在半夜的窗外，然後對屋裏的人低訴一些很恐怖的話。

什麼話？

他說的時候，我摀住耳朵了，所以沒聽到。

好可惜啊……

可是，妳晚上睡覺時，都沒有遇過什麼怪事嗎？

我都睡死了，哪知道啊？

那妳男朋友呢？他有沒有遇過？

我沒聽他說。應該也沒有吧！

那我明天再問學姊看看。

慢著，妳該不會信以為真吧？

妳不是也有聽過『本校學姊的吊死鬼詛咒』嗎？

那又怎樣咧？

那不是真的嗎？

是真的。但是，絕對不是發生在我們這裏。

但是帥哥老闆說……

那個帥哥老闆就是看妳個子小、好欺負的樣子，才故意誆妳的啦！

妳自己個子不是也不高說……

喂！我有一六零喔，至少比妳高個五、六公分吧！

但是帥哥老闆說……

難道妳晚上睡覺的時候，有遇過什麼怪事嗎？

是沒有。

那就對啦。

妳說的都是真的吧？

妳是怎樣啦？

妳真的沒遇過什麼怪事吧？

妳這人也太多疑了吧？

有，就要告訴我喔。

作夢也算嗎？

作夢？

我昨晚作了一個夢，夢到有個女人的聲音在我耳邊叨唸。

女人？唸些什麼？

聽起來像是：「黑窩、黑窩、壞黑窩……」

黑窩？那是什麼東東啊？

就是些沒有意義的音節嘛。怎麼樣？這也算是什麼怪事嗎？

這……應該只是妳做噩夢而已，不算是什麼怪事吧。

我想也是。妳早點去休息啦！

5

隔天上午，在必修課的大班教室裏，闖進兩個大三學長來。

他們連袂走近講臺。帶頭的金髮男對講臺上的教授說：「我們有重要的事情，要跟學弟妹講。」

「現在是上課時間耶。你們是誰啊？」

不明究理的教授停下正在寫白板筆的右手問。另一名黑眼圈很深的乾瘦男向他解釋：

「我們是學會幹部。」

「可以借我們幾分鐘嗎？」

金髮男嘻皮笑臉地問。教授撇過三七分的西裝頭去，忿忿回道：「你們不是都這樣闖進來了嗎？都霸王硬上弓了，還要我怎樣？」

「那就是可以囉？」金髮男迅速面向臺下：「學弟學妹！聖誕舞會！聖誕舞會！」

「一定要的啦！」

金髮男身後的乾瘦男搖旗吶喊。金髮男抖了抖三七步，又揚聲說道：「三系學會合辦的聖誕舞會，大家務必要來啦。」

「反正聖誕夜外面都是人擠人，不如來我們自己的聖誕舞會啦。」

「沒錯沒錯，要支持自己人啦……」

乾瘦男與金髮男一搭一唱。臺下有個留刺蝟頭的男同學問道：「哪三系？」

「什麼？」金髮男沒聽清楚。

「你說的聖誕舞會是哪三系合辦的啦？」

「喔，三系，就是我們系，還有……」金髮男轉頭向乾瘦男求救。後者支著頭，幫忙答出剩下的兩個系名。

「啊，不去了！」

刺蝟頭叫道。金髮男愣了一下：「為什麼？」

「因為那兩個系都是醜妹系！女生都是恐龍妹！」

「不要這麼嘛。雖然她們是不太優……」

「喂！」

臺下有些聽不下去的女同學出聲抗議。程伊玲嫌惡地垂下頭繼續讀她的小說，完全不想理會這群小丑。

這時，桌上的手機響起新訊息的通知鈴聲。

還在看書啊？

是坐在後三排的游慧妤。程伊玲回覆道：

『ㄎㄎ』，一定要的啊。

在看什麼書呢？

講了妳也不知道的啦。

幹麼這樣啊？

書名叫作「變」。

「變」？什麼「變」？是蔡依林的「看我七十二變」嗎？

唉，就說妳不知道嘛。

作者是誰啊？

Michel Butor。

一大早地，妳不要寫英文讓我頭昏好嗎？

最好是。這是法文，不是英文！

我頭更昏了。作者是法國人喔？

對的。

是什麼樣的故事咧？

是一個男人坐火車去看他情婦的故事。

就這樣？

當然不只這樣，但我怕寫多了，妳會睡著。

也是沒錯啦。

等等，我有電話進來了。

是彭威愷的來電。

「甜心學妹！我昨天熬夜『人肉搜尋』了八小時三十二分又六秒，終於幫妳找到了！」

疲憊中，彭威愷的聲音也透著興奮。

「那篇文章的作者嗎？」

程伊玲向後三排的游慧妤使了使眼色。彭威愷答道：

「還有誰？作者有兩個人，是本校新聞系的學生。我已經跟他們聯繫上了！」

「幹得好。」

「妳現在在哪間教室上課？下課後，我跟他們一起過去找妳。」
「你自己不會上網查啊？」
雖然彭威愷立了大功，程伊玲依舊疾言厲色。
「好好好，我上網查。妳下課後，不要跑掉喔。」
「不會跑掉啦。」

講完電話後程伊玲仰頭一看，金髮男與乾瘦男赫然一左一右站在她的座位前面，盯著她瞧。
這兩個白目。她不甘示弱，也回瞪他們道：「有事嗎？」
「江湖上傳說的，本系二年級的『臭臉正妹』程伊玲，就是妳吧？」
金髮男咧開闊嘴問。程伊玲鼓了鼓唇：「這什麼鬼稱號？我從來沒聽說過。」
「的確是滿正的。」
金髮男讚賞完，被乾瘦男吐槽：「什麼滿正的？超正的好不好？」
「啊！隨便啦！你高興就好。」
接著，金髮男當著程伊玲的面品頭論足起來：「其實，妳五官分開來看，普普。眼睛有一點點小、鼻頭有一點點肉、嘴唇有一點點厚。都是一點點喔！但是不知道為什麼，合起來看，就滿正的。」
他直言不諱，讓程伊玲聽了，恨得牙癢癢地：「謝謝你喔！」
「而且，妳的圓臉配尖下巴很可愛。個子呢，不會太高，也不會太矮，剛剛好。」金髮男上下打量程伊玲：「我目測的結果，妳應該差不多一六三、一六四公分吧？」
「屁啦！哪有那麼高？我看有一六一、一六二就了不起了。」乾瘦男吐槽。

「一六一、一六二？不對啦，哪有那麼矮？不然，臭臉正妹妳站起來，轉個一圈。」

「喂！我幾公分干你們屁事啊？」

金髮男態度輕佻，惹來程伊玲怒目相向。乾瘦男在一旁幸災樂禍，鼓噪道：「好嗆好嗆！果然是臭臉正妹啊。」

金髮男不以為意，向程伊玲攤開手掌心道：「沒關係，不想說就算了。不過，我們三系學會合辦的聖誕舞會，妳可要來喔。地點就在……」

「我沒說我要去喔！」

「反正，我們已經很有誠意地邀請妳了。不來，是妳的損失。」

報完地點後，金髮男兀自說道。程伊玲不慌不忙比出中指：「損你媽啦。」

乾瘦男則裝出假仙假怪的聲音向她揮手道：「臭臉正妹，不見不散喔。」

此時，講臺上的教授再也坐不住，出言喝斥，把那兩名目中無人的不速之客給請了出去。

下課時，彭威愷與魚貫湧出教室的學生逆向，辛苦地擠到程伊玲與游慧妤的座位邊來。

「甜心學妹，我已經來得很快了，妳怎麼還一臉不爽啊？」

與昨天穿同一件黑夾克的彭威愷用指節敲著太陽穴，滿腹委屈。游慧妤忙緩頰道：「學長，她是在對剛剛來這間教室裏宣傳聖誕舞會的學會幹部不爽，不是在對你不爽啦。」

「是嗎？那我就放心了……」

「誰說我沒有對你不爽？」程伊玲猛然對鬆了口氣的彭威愷搥桌發難：「你為什麼要挑他們來的時候打電話給我？」

「我？」

彭威愷一頭霧水。

「害我只顧著跟你講電話，沒有留意到他們悄悄逼近我……」

「什麼啊？」

「還裝死？」

游慧妤好說歹說，程伊玲才逐漸氣消下來。

「好吧，這次就先原諒你。」

她將視線從彭威愷汗如雨下的臉，移往跟他同來的一男一女身上。男的個頭頗高，斯文的相貌中略為不安，頻頻用手將鼻樑上的方框近視眼鏡推過來推過去。女的則乾乾瘦瘦的，嘴裏長了一對暴牙，其貌不揚。

「他們是新聞系二年級的班對。」所有人都坐定後，彭威愷以衣袖拭汗，向程、游二人介紹：「也是〈本校學姊的吊死鬼詛咒〉這篇文章的共同作者，吊死鬼是也。」

「那篇文章原本是我們大一下學期時『基礎採訪寫作』課的學期作業，對。交上去後，被老師退了回來，要我們選別的主題再重做一份。但是，我們又覺得那篇文章扔掉很可惜，所以就託一個網友幫我們貼到網路論壇上去，就這樣，對。」

男的好像是想趕緊開溜似地，一口氣把話講完。

程伊玲發問道：

「那個網友為什麼會把文章貼到國外的論壇上，而且還加密？」

「這我們就不曉得了，要問那個網友。」

「那個網友的暱稱是？」
「忘了，好久以前的事了。」
「不是才上個學期的事嗎？」
「是啊，到現在也快一年了，還不夠久嗎？」
「文章是你們兩個人一起寫的？」
「兩個人一起寫的，對。」
「是怎麼分工的呢？」
「內文括弧外的部分由我女朋友負責；括弧內的部分由我負責。」
難怪括弧內外的文字，語氣有所不同。
「所以，絕大多數的段落都是出自你女朋友之手嘛，這樣你也太輕鬆了吧？」
「我們是講好的，對。」
「既然是『基礎採訪寫作』課的學期作業，那麼在你們動筆之前，是有進行過實地採訪的囉？」
程伊玲又問。男的靦腆一笑：
「採訪是有採訪啦，不過沒有到實地去，因為沒有人知道那間凶宅究竟是在哪裏。」
「那你們有採訪誰呢？有採訪過之前住過那間凶宅的舊房客……」程伊玲看了看彭威愷適時遞過來的手機，螢幕上滿滿的是〈本校學姊的吊死鬼詛咒〉的全文：「比如說，『Carol』？」
「沒有。」
「沒有？」
「我們甚至不知道Carol是男是女咧。」

「那，『小玉』呢？」
男的搖頭。
「『北極熊貓』？」
男的又搖頭。
「『天地一沙鷗』？」
「就像我在文章裏寫的，妳不覺得這名字有夠怪嗎？像是那種老人才會取的……」
「是你自己孤陋寡聞沒聽過好不好？」程伊玲動了肝火：「你們既然一位舊房客都沒有採訪過，文章裏他們那些遇鬼的經歷，你們是怎麼編出來的？」
「我們沒有編，是取材自一篇討論區內的貼文。」
女的澄清。程伊玲大翻白眼：「貼文的出處呢？」
「是一篇叫『小麥克』的網友在他的部落格裏寫的文章。」
「網友？網友的話能信才有鬼。」
「妳怎麼可以這麼武斷？」男的替女朋友出頭：「我們可是逛了好幾十個討論區、瀏覽了好幾百篇文章後，才好不容易找到的呢，對！」
「會不會〈本校學姊的吊死鬼詛咒〉裏的其他內容，你們也是抄襲小麥克的文章？」
「才不是『抄襲』呢，是『參考』，對。」
「講白了，你們寫這篇文章時，根本沒有採訪到一個活人嘛，內容全是『參考』來的。」
程伊玲嗤之以鼻。這種文章會被老師退件，也就不足為奇啦。
「雖然是參考來的，但是小麥克的部落格是用英文寫的耶！我們把它翻譯成中文，沒有功勞，也有苦勞。」

男的駁斥道。程伊玲哼了哼：「講得好像很偉大似地。你所謂的翻譯，還不是把英文內文貼在線上翻體軟體的視窗裏，然後按下『翻譯』鍵？」

「要不然咧？還有其他英翻中的方法嗎？」男的理直氣壯。

「最後一個問題：那個吊死鬼說的『黑窩』、『壞黑窩』，是什麼意思？」

「呵呵，鬼才知道。」

一語雙關的回答。

下午，在上「歐美文學導讀」通識課程的會議廳教室裏，程伊玲挑了個距離臺前起碼有三十公尺遠的後排座位，在彭威愷的技術指導下，首次使用手機上的視訊功能。

由於游慧妤並沒有選修這門課，因此程伊玲必須獨自與只有上半身出現在手機螢幕上的那位雞冠頭男應對。

雞冠頭男穿黑色T恤，看起來像是坐著的。他背後是一個大大的淡綠色衣櫥，人應該也是在室內吧。

英文程度不怎麼樣的程伊玲表情尷尬。她把手機立在桌上後，朝螢幕揮揮手：「對不起，能講中文嗎？」

雞冠頭男歪嘴笑了笑。印在他T恤上的「UCLA」字樣，隨著螢幕訊號上下扭曲。

「我是國中唸完後才移民來美國的，當然會講中文囉。」

「喔，太好了。」

程伊玲說。幾個鐘頭還前盛氣淩人的她，與此刻如釋重負的她簡直判若兩人。

這種一百八十度的大轉變，令旁座的彭威愷大開眼界。原來甜心學妹，也是有軟弱的一面。

程伊玲恢復鎮定，理了理身上灰色束袖針織衫的圓領邊後，問雞冠頭男。雞冠頭男像唸繞口令一樣答道：「是的。我是小麥克；小麥克就是我。」

「你就是小麥克先生囉？」

「你好，我是程伊玲。」

「妳還是學生吧？」

「對，我還在唸大學。」

「青春真好，我都已經快三十歲了。」小麥克又歪嘴笑了笑，這次是歪向另外一邊：「妳長得很漂亮喔，很有味道。」

「嗯……」程伊玲看看彭威愷，又看看小麥克：「謝謝……」

彭威愷橫眉豎眼，朝程伊玲的手機揮空拳。

「我現在在L. A.，洛杉磯。」小麥克比出一根手指在頭上繞圈，再指向背後的衣櫥：「在我家，我房間裏。妳呢？」

「我在臺北，學校的教室裏。」

「在上課？」

「嗯。」

「剛剛接通視訊的那位先生說，妳有事情想問我？」

「對對對，就是……你是不是曾經在你的部落格裏，用英文寫過一篇關於吊死鬼的文章？」

「喔，妳說那個啊，well。」小麥克摳摳下顎，揚眉道：「是啊。妳對那篇文章有興趣啊？」

「對啊。可以談談那篇文章嗎？」

「ＯＫ啊，反正我們這邊現在是晚上快十一點，我也沒什麼事要忙。」

「我第一個問題是：你那篇文章是什麼時候寫的？」

「什麼時候寫的啊？」小麥克黑白分明的眼珠子轉啊轉：「一年半前，就在我搬新家的時候寫的。」

「一年半前啊。」

那對討人厭的新聞系班對是在將近一年前的上學期寫出〈本校學姊的吊死鬼詛咒〉那篇文章的，而他們所抄襲的藍本是小麥克在一年半前寫好的。

這樣，時序上就慢慢兜起來了。

「文章的標題叫作〈Hang Time〉。」小麥克說。

「『Hang Time』？」

「hang，h-a-n-g，是吊起來、掛起來的意思；time，t-i-m-e，是時間的意思。」

「後面那個字的意思我知道。」

「有一款ＮＢＡ的game就叫Hangtime喔。因為灌籃的時候，人會懸在半空中嘛。」

「Sorry，我個人並沒有在follow籃球。」

「ＯＫ，never mind。所以妳為了想看那篇文章而跟我視訊？All right，我可以把網址貼給妳沒問題。」

「不用了。」程伊玲想到文章裏的英文字就頭大：「我問你就可以了。再請教你：你是怎麼樣寫出〈Hang Time〉那篇文章的？」

「一年半前，我從Rowland Heights的舊家搬到現在這個在Arcadia的新家來。」小麥克一骨碌講了一串程伊玲聽不懂的英文地名：「在整理東西的時候，找到一本我在臺灣唸國中時用的作業簿。」

「作業簿？你帶那種東西去美國幹麼？」

「因為裏面有我一些有趣的塗鴉啊。當年要移民的時候，因為割捨不下在臺灣的生活回憶，所以就把那本作業簿給帶來作紀念了。」

小麥克話中充滿緬懷之情。沒料到外表新潮的他，作風竟與老人無異。

「不是有網路嗎？網路不能撫慰你的鄉愁嗎？」

「不一樣。作業簿裏的那些文字與圖畫，都是專屬於我個人的私密內容，那不是網路上的東西所能比的。」

小麥克用手順了順頭上衝冠的怒髮。

「是是是……」

「一年半前，當我找到那本作業簿時，感覺就像挖到了小時候埋下的時空膠囊一樣。作業簿中，有一段是一位國中同學告訴過我的鬼故事。十多年後再重看，覺得有點意思，就把它改寫成〈Hang Time〉那篇文章了。」

「所以那鬼故事並不是你的親身經歷，而是你那位國中同學的？」

「嚴格來說，那也不算是他的親身經歷。」

「既然如此，會不會是他瞎掰的呢？」

「他發過誓說，絕對是真實的。」

「也就是說，有一位女大學生與已婚的中年大叔發生不倫戀……」

「是三十年前的事。」小麥克比出三根手指頭：「三十年前，有一位在校外租屋的女大學生與已婚的中年大叔發生不倫戀。」

「三十年？那麼久了啊？」

「那位中年大叔，大概比女大學生大個十幾歲左右……」

「十幾歲？」

程伊玲的心裏湧起一股異樣感。

好多年前，應該是在她讀國中二年級的時候吧，也曾經喜歡過一位年長她十幾歲的男人。

那個男的人生經驗豐富，什麼事情都懂，加上經濟狀況也ＯＫ，可以帶她到處吃好的、玩好的，只可惜……

後來才知道，他當時是已婚的身分。因此，她這段單戀也就無疾而終了。

「女大學生肚子一被搞大，中年大叔就翻臉不認人。女大學生上吊身亡後，就去騷擾房客……」

「用『黑窩』、『壞黑窩』的外星話嗎？而那些遇過鬼的舊房客……」

「都是確有其人。」

「什麼『Carol』、『小玉』、『北極熊貓』、『天地一沙鷗』的？」

「那是她們的綽號。」

「最後一個綽號『天地一沙鷗』是怎麼回事？」

「我同學說，那位舊房客很喜歡看一本叫作『天地一沙鷗』的小說。」

「這樣喔。」

「妳看過那本小說嗎？」

「沒有。那麼，那間凶宅的地點呢？」

「我同學也說了。但是，因為那間凶宅仍在出租中，為了不增加屋主的困擾，我在文章中就用『凶宅可能是在這裏、也可能是在那裏』的筆法含糊其詞，順便製造懸疑效果。怎麼樣，效果不賴吧？」

程伊玲對沾沾自喜的小麥克口是心非道：「是還……OK啦。」

「不賴吧？」

小麥克意猶未盡，又問了一遍。

「可是，你那位國中同學未免也太神了吧？」程伊玲嘖嘖稱奇：「他叫什麼名字啊？」

「他姓鍾，叫作鍾正明。」

「沒聽過。」程伊玲搖搖頭：「我還是不明白。為什麼這麼多年來大家都不知道的一些細節，像是女大學生的身分、其他舊房客遇鬼的經歷，以及凶宅的確切地點等，他卻全都知道呢？」

「我就猜到你會這麼問。」小麥克說：「因為，那間凶宅，就在我同學家斜對面的公寓四樓。」

「真的假的？你同學家……」

「他家是賣蚵仔麵線的，店名叫作『阿貴』。」

「阿貴……」

「那些舊房客們遇鬼的經歷，都是在她們去他家吃麵線時，對他爸爸透露的。」

「這麼說……」

「我記得，他們家的店面招牌底下有五個大字。」小麥克一個字一個字地唸道：「『不─好─吃─免─錢』！」

第二章　公寓

1

不好吃免錢！

程伊玲兩手扠腰，站在這五個字前。

通識課上完，她從學校側門出來，穿越兩處十字路口，往有便利商店坐落的那條巷子進去。在暖冬的落日下左彎右彎，約莫走上十幾分鐘，便抵達兩個月前才造訪過的ㄇ字形死巷。

就像兩個月前一樣，死巷的兩側，仍舊被停放的汽、機車層層包圍住，將住戶的動線攔腰截斷。她深深吸氣、吐氣，再深深吸氣、吐氣。如此反覆了三、四次後，她邁開步履，深入數百公尺前的死巷底。

游慧妤住的老公寓就位於巷底的左側尾端。而「阿貴」蚵仔麵線店則位於右側中段處的平房一樓，與老公寓遙遙相望。

店面有十來坪大，裏面的塑膠桌與鐵板凳雜亂無序，東一張西一張地；陳設也很普通，既談不上有什麼特色，也毫無裝潢可言。就像大多數的小吃店一樣平凡無奇。

除了「不好吃免錢」這五個字之外。

傍晚五點四十分，離與游慧妤約定的時間還有二十分鐘。程伊玲轉頭看看斜對面的老公寓，再看回到這五個字上。

半晌，她又轉頭看看斜對面的老公寓，又重新看回到這五個字上。

她這一連串的動作，都被門口麵線攤後的年輕帥哥盡收眼底。帥哥饒有興味地問她道：「有事嗎？」

既然他都開口了，程伊玲便以此為開場白，順勢道：「這個……是真的嗎？」

「什麼？」

「這個……不好吃的話，你們就不收錢。」程伊玲裝出無辜的眼神，指指招牌：「是真的嗎？」

「喔，妳說這個啊。」帥哥笑笑：「當然是真的啦。」

「那我要點一碗麵線。」程伊玲比出左手食指：「大腸麵線就好，蚵仔不要。」

「等一下。不好吃免錢，是有條件的喔。」

「喔？」

「妳不能整碗都吃完了，才跟我說不好吃喔。」

「為什麼不行呢？」

程伊玲努力將無辜的眼神撐住。

「既然覺得不好吃，又怎麼會把整碗都吃完呢？可見是騙人的。」

「幹麼這樣？」

「所以，不好吃免錢，僅限於客人吃了第一口之後。」帥哥將自己的頭髮抓順：「客人如果吃了第二口，無論覺得好不好吃，都要付錢。」

「好嚴格喔。」程伊玲嬌嗔道：「可是，你們並沒有把這條規則印在招牌上啊。」

「客人點餐時，我們都會先告知。」帥哥說得義正詞嚴。

唬爛。前天游慧妤來的時候，你就沒先向她告知；聽你在放屁。

不過，看在你長那麼帥的份上，我就不跟你計較啦。

「別擔心。我們的麵線絕對好吃，包妳值回票價。」帥哥不由分說抄起長勺：「大碗？小碗？」

就像游慧妤所講的，「不好吃免錢」只是用來引客人上鉤的噱頭罷了。最後，還是一定要賺到客人的錢就對啦。

「大碗。」程伊玲也有點餓了。

「這邊吃？帶走？」

「帶走。」

「臭豆腐和泡菜要大份的還是小份的？」

帥哥也不先徵詢她要不要這兩樣東西，就直接這麼問。生意人的話術，處處是陷阱。

既然等會兒要套他的話，必要的投資也是不可少的。程伊玲一轉念，便裝傻道：「都要大份的。」

這麼上道的答案，讓帥哥點頭稱是。

「一看就知道，妳是大學生吧？」

「是啊，你眼光好厲害。」

「之前沒見過妳。」帥哥邊忙邊問：「妳住附近嗎？」

「不是。」

「那怎麼有空來這邊？」

「我來找房子的。」

「找房子？現在都十一月了，妳還在找房子？」

「就手腳不夠快嘛。」程伊玲胡亂編了個理由：「我聽說這邊的公寓租金滿便宜的。」
「妳說的是哪一戶啊？」帥哥專心炸臭豆腐，眼皮抬也不抬。
「就是在你們斜對面的公寓。」
「……」
程伊玲見帥哥沒搭腔，追加道：「四樓。」
「左邊還是右邊？」
「從你們店門口看過去的右邊。」
程伊玲剽竊游慧妤的用語答道。
帥哥抬起眼皮，深邃的眼神彷彿能望穿對方的軀體，臉龐擠出迷死人的笑容。
「我是一個有良心的人。」
他沒頭沒腦這麼一說，讓程伊玲怔了怔：「啊？」
「如果我的良心被狗吃掉了的話，我就會推薦妳搬進那一戶，這樣我三不五時就可以看到妳。」帥哥昂然道：「可是，我是一個有良心的人。奉勸妳，還是打消這個念頭吧。」
「喔？幹麼這樣？」
「去找別戶吧，這樣對妳比較好。」
「怎麼那麼神？你跟我一個朋友的講法一模一樣耶。」程伊玲看帥哥沒什麼反應，便接續道：「他也是一直勸阻我來這邊找房子。」
「妳的朋友……」
「我朋友快三十歲了，他叫小麥克。他說，他有一個家裏開蚵仔麵線店的國中同學鍾正明告訴過他，那一戶不乾淨。」

帥哥聽罷，靈光乍現。

「『小麥克』這個名字有點熟，好像聽我哥提起過。」

「他的國中同學……」

「該不會就是我哥吧？我哥就叫鍾正明；我叫鍾立明。」

「太巧了吧！」程伊玲鼓掌起鬨：「你哥哥在嗎？」

「他已經結婚，搬出去了，現在不住在這裏。」

「可以call-out給他嗎？」

「什麼是『叩奧』？」

「就是打電話給他啦。」

「要幹麼？」

「我想問他那一戶鬧鬼的事。」

「不用啦，妳問我也是一樣。那一戶的事，我老爸有告訴過我哥，也有告訴過我。」鍾立明將炸好的臭豆腐挾進塑膠袋裏。

「所以，你老爸是最清楚的人囉？」

鍾立明點完頭，拿紅柄剪刀伸進塑膠袋，喀喳喀喳地剪起臭豆腐來。

「可是，他前陣子騎車出車禍，摔斷右腿，現在住在醫院裏。」他說：「所以，妳只能問我囉。」

「那麼……」

「那一戶三十年前死過人，是間凶宅。」鍾立明拿出另一隻塑膠袋，開始挾泡菜進去：死者是一位叫作戴秀真的女大學生。她是那一戶的房客，死時只有二十歲。」
「跟我同歲呢，好年輕啊。」
「死因是在房間裏用一條跳繩上吊自殺。」
「她為什麼會想不開呢？」
「女生會想不開，還不都是因為愛情。」
「為情所傷嗎？所以，她是因為跟男朋友分手了，才尋短見的嗎？」
「不僅如此。她呀，等於是被男朋友給惡意遺棄了。」
「她男朋友為什麼要這麼壞呢？」
「因為她懷了她男朋友的種後，要求她男朋友娶她。」
「這不是很合情合理嗎？都懷孕了，她這樣要求，也不過分吧？」
「問題是、問題是……」鍾立明拿出第三只塑膠袋，開始舀麵線：「她男朋友大她十多歲，不但已經結婚，而且也有小孩了。」
「不倫戀？」
「聽說她男朋友的太太也算是好業人出身。要是她男朋友跟太太離婚的話，就沒錢啦。所以，她的要求，是沒可能的事。」
「爛男人！殘害幼苗！」
「呷幼齒，是男人的天性啊。」
「賤！就是賤！」程伊玲不禁動怒：「她男朋友姓什麼？叫什麼？當時是在做什麼工作的呢？」
「這些，我老爸都沒講。」

「你可以幫我問問他嗎?」

「他快出院了。等他回來,妳可以再來問他。」鍾立明熟練地抽出一根紅色塑膠繩,將分裝麵線、臭豆腐與泡菜的三只塑膠袋綁在一塊兒:「從戴秀真自殺之後,那一戶就開始鬧鬼了。」

接下來他所敘述的內容,就和他前天向游慧妤講過的一樣。

「半夜,她的鬼魂會在窗外飄過來飄過去地,然後對屋裏的房客重覆一些很恐怖的話。那些話就是:『黑窩、黑窩、壞黑窩……』」

黑窩、黑窩、壞黑窩……

與新聞系班對在〈本校學姊的吊死鬼詛咒〉以及小麥克在〈Hang Time〉中所引述的字句,完全一致。也與游慧妤的室友古瑄慈在睡夢中聽到的分毫不差。程伊玲發揮演技,掩面哆嗦道:「好可怕喔,嚇『史』我了。可是什麼是『黑窩』?什麼是『壞黑窩』咧?」

鍾立明聳肩道:「這只有去問那個鬼才能解答了。不只如此。如果房客還不理她,她就會恐嚇道:『否則就勒死妳!』」

「嗚哇……」

「住過那戶的舊房客,也都被嚇得半死。」

「對啦,小麥克說,有一些舊房客曾經有跑到你們店裏來,透露他們遇鬼的經歷。可是,我只知道他們的綽號,不知道他們的真實姓名……」

「綽號是我哥哥取的。」鍾立明聳聳肩,把綁在一塊兒的三隻塑膠袋交給程伊玲:「至於真實姓名,就要問他了。妳如果那麼好奇,我可以幫妳問問他。」

「那就麻煩你囉。」

說著，程伊玲接過塑膠袋。

「留下妳的聯絡方式吧。」鍾立明說得輕描淡寫：「手機、e-mail、臉書、Line……」

程伊玲頓生警戒：「要留喔？」

「妳不留聯絡方式，我要怎麼把我哥的回答告訴你呢？」

經驗告訴程伊玲，對陌生人留下聯絡方式，徒然是在給自己找麻煩。她打哈哈道：「其實，我同學就住那一戶，我會常常來找她。等我下次來找她的時候，再當面問你好了。」

雖是託詞，但她確實會這麼做，也算說實話了。

鍾立明顯然對她的答案並不滿足：「我幫妳這麼多忙，至少給個手機號碼，也不會死吧？」

「既然你這麼說……」

程伊玲索性唸出游慧妤的手機號碼。鍾立明掏出手機，輸入。

「妳的名字呢？」

「我叫游慧妤。」

「哪個慧？哪個妤？」

「慧星的慧；女字旁的妤。」

「慧星的慧是哪個慧？女字旁的妤是哪個妤？」

「算了，你隨便輸入兩個同音字好了。」

無巧不成書。就在鍾立明建立電話簿資料的時候，真正的游慧妤本尊撥電話到程伊玲的手機來了：

「我看到妳留給我的訊息啦。」

「很好。」

「妳終於願意進我家去看看啦？」

「因為各種跡象顯示，妳現在住的房子應該八九不離十，就是那間吊死鬼出沒的凶宅！」程伊玲放低音量說。

「是嗎？果然不出我所料……」

「妳的晚餐呢？買好了嗎？」

「已經買好啦。」

「妳買的是哪一家？」

「就是我們常吃的那家自助餐啊。」

「ＯＫ。」程伊玲伸長脖子遠望：「妳現在到哪裏了？」

「我到死巷口了。妳在哪裏？」

「我在阿貴蚵仔麵線店。妳看到我了嗎？」

「我看到妳了。」還不曉得自己被好友小小出賣了的游慧妤說：「妳在買麵線嗎？」

「是啊，順便打探消息……」

「偷偷告訴妳，那家麵線不好吃。」

「真的假的？那妳上次有付錢嗎？」

「有啊。」

「妳忘了，那家麵線是『不好吃免錢』的嗎？」

「對喔，我都忘了！」

「虧大了。」

「虧大了……」

「不過，人家也是有規則的，不是那麼簡單就可以吃了不付錢的。」

「是喔，那我也不算吃虧囉。」

「能這麼想最好啦。喂喂，妳愈走愈近，都已經快撞到我了，我們還要繼續用手機對話嗎？」

「說得也是。」

程、游兩人同時切斷通話，相視而笑。

「白癡啊妳？」

「妳才是咧。」

她們互相吐槽完，正要轉身離去時，被鍾立明從後叫住：「等、等等！」

程伊玲暗暗叫苦。莫非，他發現我給他的電話號碼是假的了？

該怎麼打發他呢？

程伊玲一面回頭，一面在腦袋裏盤算著：如果他這樣問，我要這樣答；如果他那樣問，我要那樣答……

「還有事嗎？」

「妳還沒付錢呢。」鍾立明面無表情地說：「大腸麵線大碗、臭豆腐大份、泡菜大份，一共一百五十元。」

一廂情願的程伊玲哭笑不得，連忙掏出錢包，付了兩張百元鈔票。鍾立明找給她五十元銅板時，順道說著：

「有件事忘了告訴妳了。那一戶裏，有三個房間。」

「所以咧？」

「凡是在那一戶裏遇過鬼的，都是住進門後第一間房裏的房客。」

「為什麼咧？」

「因為……」鍾立明不懷好意地笑了笑：「第一間房，就是那個戴秀真三十年前住過，最後上吊身亡的的房間。」

不知何故，此話讓程伊玲眼角的黏稠感愈發強烈。

2

游慧妤領著程伊玲走進老公寓後，開始爬著往上的樓梯。

沒走幾步，程伊玲就不住抱怨：「好累啊。電梯呢？電梯在哪裏？」

「大小姐，三十年以上的老公寓裏，哪來的電梯啊？」

「說得也是……」

「而且才爬到二樓，妳就受不了啦？」

「妳又不是不知道，我生平最討厭上體育課了。」

「都怪妳對那些追妳的男生都看不上眼。」與程伊玲相反，游慧妤倒是健步如飛：「否則，叫他們隨便一個人揹妳上樓，妳就不需要這麼累了。」

「我，才不要為了輕鬆上樓而委曲求全咧。」

喘吁吁的程伊玲走走停停，總算爬到四樓，扶著腰站在「十四號」門牌的鐵門前。

「妳爬昏頭啦？」游慧妤難得可以嘲笑程伊玲：「沒看到我站在這邊嗎？」

游慧妤好端端地站在「十四號」的對面，「十三號」門牌的鐵門前。程伊玲出了糗，嘴上仍不饒人：「妳住的是這一戶啊？十三號四樓？這麼不吉利的組合，怪不得會鬧鬼！」

游慧妤抽出皮夾裏的扁鑰匙打開鐵門的鎖，走進前陽臺。跟在後頭的程伊玲順手帶上鐵門，從前陽臺向外遠眺出去。

灰濛濛的天空、醜巴巴而紛亂的房舍。彎彎曲曲又擁擠不堪的巷弄裏，摩托車騎士玩命似地呼嘯而過……

一整個乏善可陳。老住宅區內的景觀，處處鳥到爆。

調回目光的她，冷不防被堆在前陽臺裏，近一個人高的雜物給嚇到。

都是些裝潢與改建房子後剩下的油漆罐、帆布、鐵條、木板、梯子、兩具笨重的空電纜軸、粗麻繩、磚塊等，佔據了幾乎一半的前陽臺，只留下另一半靠近鐵門與木門的空間，供人進出。

「我搬進來的時候，這些東西就在這裏了。」

游慧妤說。程伊玲吐了吐舌道：「房東怎麼不清一清呢？」

「不瞭。可能他還要用吧？反正也沒擋到路，我也沒問過他。」

雜物堆旁，靠近隔開前陽臺與客廳的牆邊還有一臺外殼鍍鎳的「一進二出」電視分享器，「進」的那端連接從樓梯間穿過鐵門而來的電視訊號線；「出」的那端連接了兩條電視電纜線：一條伸入牆孔通往客廳、另一條沿著公寓外牆延伸到屋內的房間去。

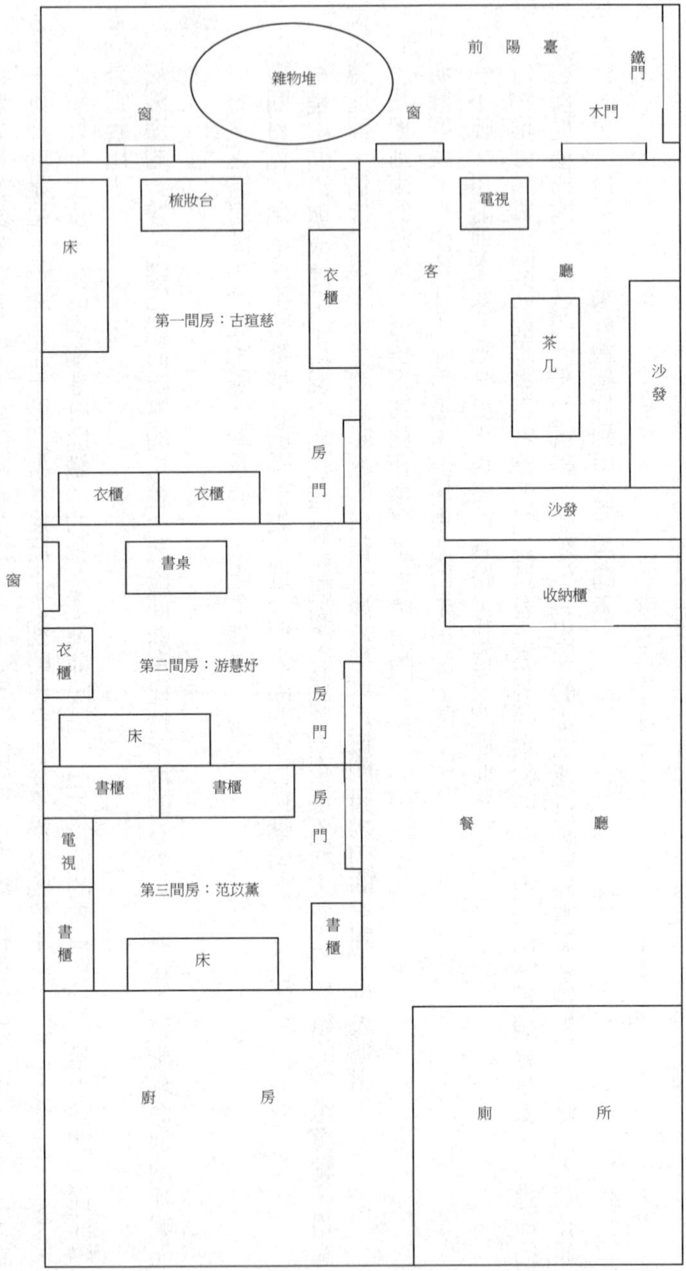
前陽臺
鐵門
雜物堆
窗
窗
木門
梳妝台
電視
床
衣櫃
客廳
第一間房：古瑄慈
茶几
沙發
房門
衣櫃
衣櫃
沙發
書桌
窗
收納櫃
衣櫃
第二間房：游慧妤
房門
床
書櫃
書櫃
房門
餐廳
電視
第三間房：范苡薰
書櫃
書櫃
床
廚房
廁所

游慧妤再持另一把扁鑰匙，打開木門的鎖。

兩人脫鞋進屋。游慧妤按下牆上的開關後，天花板上的日光燈閃得不乾不脆地。過了十幾秒鐘，才達到最穩定的亮度。

藉著燈光，背向木門口的程伊玲仔細端詳屋內。

屋內估算有三十坪。自己所站的地方是客廳，右手邊有三個頭尾相貼的房間。在客廳與餐廳中間隔了一排高高的收納櫃，留有約兩個人寬的通道。

這裏就是鬧鬼的凶宅啊……

程伊玲打了個寒顫。

客廳的面積不大，擺設也非常簡單。在靠前陽臺的那一面牆，木門與第一間房之間擺了一臺舊型的黑色映射管電視。電視正對著一套L型的黑色皮沙發，以及放在兩排皮沙發間的塑膠墊茶几。

順著右手邊看過去就是第一間房的房門。整扇房門都被漆成深咖啡色，門中央裝了一隻可旋轉的水平式門把。門框上頭，懸掛著一條繡上荷葉的白色布簾；門前則鋪著一塊淡藍色的小地毯。

門色也好、門把也好、布簾也好、地毯也好，都是家常樣式。

可能是心理作用吧。把這些家常樣式的元件聚集在一起後，竟有一股說不出來的陰森感，讓程伊玲愈看，心裏就愈毛。

一瞧游慧妤，也是面容發白，想必亦有同感。

三十年前，就在這扇門後，住著那位不幸的戴秀真學姊。

她在這扇門後展開自己的大學生活，在這扇門後罔顧世俗眼光，與她那位有家室的年長男友纏綿，種下愛的結晶。又在萬念俱灰之際，在這扇門後結束自己與腹中孩子的性命。

往後，她更穿梭於陰陽兩界，在這間房子裏徘徊不去……

「這一間，該不會就是妳現在住的吧？」

程伊玲鼓起勇氣問。游慧妤一聽，飛快否認道：

「才不是呢。我哪有那麼衰啊？」她向第二間房的房門指去：「我住的是這一間啦！」

「是嗎？我看這種布簾跟這種地毯，很像是妳的風格呢。」

「並沒有好不好？」

「我說啊，妳不要為了顧全面子，就任意霸佔妳室友的房間喔。」

「妳不要再栽贓我了！」游慧妤如同被火燒屁股般極力自清：「第一間房是我室友古瑄慈住的啦。」

「那第三間呢？」

程伊玲用她圓臉下的尖下巴，指向在格局上緊鄰第二間房房門的第三間房房門。

這兩扇門與第一間房的房門一樣都是深咖啡色，只是這兩扇門的門框上既沒有懸掛什麼布簾，門前也沒有鋪什麼地毯。

「第三間住的是一位英語系的學姊。」游慧妤緊握的雙拳小得像兩顆小饅頭：「我住的是第二間！」

「好吧，姑且相信妳。」

「姑且？」

游慧妤調正滑落至鼻頭的眼鏡鏡框。她上前用皮夾裏的第三把扁鑰匙打開第二間房的門鎖後，大力推開房門：

「妳自己看！裏面全都是我的衣服、我的用品！這裏是我住的房間，騙妳我是小狗！」

「好好好，我相信妳、我相信妳。」

再不這麼說的話，連游慧妤也可能要去上吊了。

經過敲門確認，古瑄慈與那位英語系的學姊都不在家。

洗過了手，程、游二人盤腿坐在客廳的沙發上享用各自的晚餐。

「妳說得沒錯，阿貴的麵線真的不好吃。」程伊玲愁眉苦臉地：「芶芡放太少了，吃起來不夠濃稠。」

「可惜妳已經付錢了……」

「對了，妳可以在這邊安心住下去啦！因為只有第一間房裏的房客會遇到鬼。」

程伊玲將她與小麥克視訊以及向鍾立明探口風的內容向游慧妤說明後驟下結論，教游慧妤哭也不是、笑也不是：「但是，這樣對古瑄慈來說也太慘了。」

「她要是知道實情，鐵定會連夜搬走吧。」

「我在想，前天晚上她聽到的那句『黑窩、黑窩、壞黑窩……』，會不會不是夢話，而是實實在在發生的事？」

游慧妤心有餘悸地往古瑄慈的房門瞥了一眼。程伊玲沉吟道：

「這恐怕得向古瑄慈本人求證了。」

「也是。」

「這位古瑄慈是個什麼樣的人呢？」

「給妳看她的大頭貼照。」

游慧妤伸指在她的手機螢幕上滑了滑，然後把螢幕上古瑄慈的臉書專頁秀給程伊玲看，說：「妳不覺得，她跟妳的型有點像嗎？」

程伊玲對著螢幕左看右看，擠出八字眉來：「哪裏像了？」

「不像嗎？」

「我不覺得像。」

「怎麼會這樣？我覺得很像耶！」

「妳要重配眼鏡了。」

「幹麼這樣？不像嗎？」

「不像。」

「好啦，妳說不像就不像。」

「她是什麼時候搬來這裏的？」

「跟我一樣，今年九月，這學期開學的時候才搬來的。」

「她是什麼系的？」

游慧妤把兩根免洗木筷含在口裏苦思。

「不知道是社會系，還是社會工作系？還是社會心理系？我記得有『社會』兩個字。」

「妳看一下她的臉書專頁。」

「我看看……喔，是傳播管理系。」

「智障啊？傳播管理系哪裏有『社會』兩個字？」

「我記錯了嘛。」
「她是幾年級的？」
「大二；跟我們同年級。」
「人好相處嗎？」
「她是還ＯＫ啦。不過……」
「不過什麼？」
「比較傷腦筋的是，她男朋友常常來她房間裏過夜。」
「這怎麼了嗎？」
「妳知道的。」游慧妤對程伊玲擠眉弄眼地：「她們每次過夜，都會……那個，而且聲音很大。」
「吵到妳了？」
「非常。因為我的房間就在她隔壁！」
「妳可以叫她們小聲一點啊。」
「我哪好意思這樣講啊？」
「還好吧，她年紀跟我們一樣大不是嗎？」
「可是，她的男朋友比我們大很多呢。」
「是喔？」
「是一個中年大叔。」
「有多老啊？」
「多老啊？我看沒有四十歲，也快了吧？」

「妳上他的臉書專頁查一查。」
「無能為力喔。我不曉得他的名字，也不曉得他的暱稱。」
「妳好笨喔，從古瑄慈的臉書專頁去查啊！」
程伊玲拿免洗木筷敲游慧妤的頭。
「對喔，我怎麼都沒想到？」
「怎麼什麼都要我幫妳想呀！」
「我看看……」游慧妤滑著手機螢幕：「哇，三十六歲、三十六歲耶。」
「假不了，果真是中年大叔。」
「她們兩個差了十六歲之多！」
「別大驚小怪的好不好？這年頭不是還有爺孫戀嗎？」
「我個人是沒辦法接受大我那麼多的人啦……」
「那是妳不能接受。很多人都ＯＫ喔！」
「那妳呢？」
「我？我也沒在排斥。只要感覺對了……」
「妳也喜歡老人喔？終於知道為什麼學校有那麼多男生追妳，妳都無動於衷了！」
「不是這個原因好嗎？請不要亂猜！」
「噓！」
在嘴唇上豎起食指的游慧妤神色有異，阻止程伊玲喧嘩。
「幹麼？」

「有人回來了。」

接在游慧好鬼鬼祟祟的氣音後的，是木門外前陽臺邊的鐵門被關上的聲音。

程伊玲側耳傾聽下的前陽臺乒乓作響，然後是開木門鎖的聲音。

木門被推開後，一位穿白色毛衣搭黑色七分褲的女生映入程伊玲的眼簾，精緻的五官酷似被燒製出來的琉璃娃娃。因為才看過臉書上的照片，程伊玲得以輕易認出，來人就是古瑄慈。

妳不覺得，她跟妳的型有點像嗎？

看照片還沒那麼準。但與古瑄慈本人打過照面後，程伊玲不得不承認游慧好所言不虛。

首先，身高相彷……

不對，我有一六一點五，多少也比她高這零點五公分吧。

其次，體型同屬纖瘦。再來，兩個人都是一張圓臉配尖下巴、都留無瀏海的直長髮型、膚色都不算太白……

細長的鼻樑、肉肉的鼻頭、朝下的鼻尖，也如同一個模子印出來的。

不太一樣的地方是，古瑄慈的雙唇不如程伊玲厚，雙眼比程伊玲稍大一些，眼眶下方的兩條臥蠶比較明顯，臉上的表情也豐富得多，這使得她比程伊玲增添了幾分古靈精怪的特質。

「古」靈精怪的她，恰好也姓古。

「妳回來啦？」她對游慧好招招手，再轉向程伊玲：「哇，帶我的分身來嗆聲啊？」

講話的音色高亢，音質也與程伊玲相近。

「打擾了。我是游慧好的同班同學，程伊玲。」

「我是古瑄慈。好好玩，好像在照鏡子一樣。」在古瑄慈慧黠的笑容中擠出兩個小梨窩：「我們簡直就像是失散多年的姊妹嘛。」

即使長得再像，程伊玲也無法對第一次見面的陌生人那麼熱絡，只能陪著淺笑。

「妳男朋友沒有跟妳一起回來啊？」

游慧妤問古瑄慈。古瑄慈搖搖頭，甩動及肩的長髮：「他去修車了。」

「他車子壞啦？」

古瑄慈把腳上的包鞋脫在前陽臺裏，關上木門。

「空調故障。開到半路時，吹出來的都是熱風，受不了。」她把手上的紅色零錢包往電視機上一放：「原以為只是冷媒沒了，灌一灌就好。結果開到原廠去一檢查，說是什麼壓縮機壞了。好像很麻煩，我也搞不懂。」

「車子我也不懂。」

「原廠又說什麼壓縮機沒貨了要調，又問我男朋友是要臺製的還是國外進口的，在那邊扯半天。我男朋友怕我無聊不耐煩，就先把我送回來……」

「然後他再回去原廠修車？」程伊玲問。

「不回去了。他說原廠的報價太貴，去一般路邊的修車廠就行了。」古瑄慈對程伊玲擠了擠眼：「妳也知，他目前沒在上班，手頭緊。」

講得理所當然似地。這種事，最好我會知道。

「那他會再來接妳嗎？」

游慧妤放下免洗木筷，回頭對著往廁所方向走去的古瑄慈背影呼喊。

「他不來接我，我要怎麼吃晚飯呢？」

古瑄慈的回答聲益發細微。緊接著，就是重重的廁所關門聲。

「我有重要的事要跟妳講耶……」

游慧妤囁嚅著，聲音小到連蚊子也聽不見。不久，古瑄慈在廁所的沖馬桶聲中回到客廳。

「說到妳男朋友。」程伊玲的視線在古瑄慈的漂亮臀線上停了半秒鐘：「方便問一下，他的前一個工作是什麼嗎？」

古瑄慈笑了笑，在游慧妤旁的沙發座位上坐下後，視線也回敬似地在程伊玲的胸部上停了半秒鐘。

「他的前一個工作啊？」講到自己的男朋友，她興緻就來了：「是在博物館裏的策展人員。」

「博物館？」

出乎程伊玲意料的答案。她看看游慧妤，游慧妤也是一臉茫然。

古瑄慈反手將腦後的頭髮束了又放：

「我男朋友是唸藝術的。去博物館裏工作，也沒什麼好奇怪的。」

「策展人員要做的是……」

「就策劃一些展覽活動嘛。有國內的展覽，也有國外的展覽。要負責規劃流程啊、聯繫啊什麼的。」

「是嗎？後來為什麼又不做了呢？」程伊玲存疑道。

「不是他不要做，是博物館轉型為『行政法人』，所以他被裁員了。」

「『行政法人』是什麼東東？為什麼轉型為行政法人就要被裁員？」

「這麼難的問題鬼才知道哩。妳問我，我問誰啊？」

「問妳男朋友啊。」

「哎呀，何必把我跟他的時間浪費在這種無聊問題上？」古瑄慈雙臂在胸前交叉後，抬起雙腿放在茶几上：「不過，如果不是他那份工作，我就遇不到他了。」

「何以見得？」

「妳有所不知啊……」

古瑄慈闔上眼皮，以一副身心放鬆的模樣，藉此重回到她與男友初遇的那個午後。

「今年的八月十四號，星期四。」她猶如被催眠的病患般緩緩道來：「吃過中飯後，天氣悶熱得不得了。整個八月都在學校附近找房子的我，跟這邊的房東約了下午兩點半看屋。

「結果我早到了。樓下的大門沒關，我就先上樓，坐在門外的樓梯上等房東。」她綻放笑顏：「機緣巧合。他剛好就從這一戶的門裏走了出來，我們就在樓梯間相遇了。」

她與她的兩個小梨窩陶醉在其實一點都不浪漫的相遇回憶裏。當局者迷，莫過於此。

「在樓梯間相遇？」程伊玲聽得目瞪口呆：「太強了。這樣也能夠在一起喔？」

「我們是一見鍾情。從第一眼看到他時，我就知道是他了。」

古瑄慈臉不紅氣不喘。

「熟男的魅力難擋嗎？」

「不是所有熟男！不是所有熟男！」古瑄慈睜開雙眼強調：「只有他而已。」

好吧，妳高興就好。

「可是，妳男朋友那天為什麼會從這一戶的門裏走出來呢？」程伊玲問道。

「妳搞錯重點了吧？這有很重要嗎？」

「他當時住這裏嗎？」

「不，他不住這裏。」

「那他為什麼……」

「有緣千里來相會。」古瑄慈將她白嫩的掌心伸到程伊玲臉前：「好啦，分身，哩麥擱共啦。」好吧，妳高興就好。

「所以，妳跟游慧妤一樣，都是今年夏天才搬進來的？」

「是啊。到今天為止，住了兩個月又一天。」古瑄慈不忘將話題繞回她男朋友身上：「就跟我和我男朋友交往的時間一樣長。」

程伊玲深知，兩個月對情侶而言還是熱戀期，非常非常熱的熱戀期。

比較傷腦筋的是，她男朋友常常來她房間裏過夜。

她們每次過夜，都會……那個，而且聲音很大。

「那個……古瑄慈，我……有重要的事要跟妳講。」

游慧妤結結巴巴地說。這時，古瑄慈的手機響起。

「怎麼了嗎？」

古瑄慈問完，便接起手機：

「北鼻，都弄好了嗎？是喔……是喔……是喔……好爛，有夠北七的。沒關係，我跟你一起詛咒那家修車廠，祝他們趕快倒閉，永遠關門大吉，這樣沒有比較舒服一點？好，我馬上下來……」

她掛上電話，起身道：

「我男朋友在樓下等我了。有什麼事晚點再講。游慧妤，拜拜。分身，拜拜。」

「拜拜拜拜……」

程伊玲與游慧妤齊聲送別道。出門前，古瑄慈沒忘記拿走放在電視機上的零錢包。

3

「妳不覺得，她跟妳的型真的有點像嗎？」

古瑄慈前腳剛走，游慧妤就不厭其煩地對程伊玲覆誦。

「只是外表像，個性並不像。」

「這是當然的囉。人家個性多爽朗，哪像妳那麼機車啊？」

「揍妳喔！她那個男朋友的臉書專頁，妳再給我看一下。」

「給妳……」

程伊玲接過游慧妤的手機。螢幕上的大頭貼照裏，是一個濃眉大眼的中年男子。

長得是不差。只不過，眼袋比年輕人深一點、皺紋比年輕人多一點，髮線也比年輕人撤退一點。

Craig Jiang。

這是他在臉書上用的名字。程伊玲問游慧妤：

「他本名叫什麼啊？」

「不知道耶。只聽過古瑄慈喊他北鼻北鼻……」

「他常常來古瑄慈房間裏過夜，所以妳有看過他本人吧？」

「看過N次啦。」

「本人帥還是照片帥？」

「坦白說，照片帥些。」

「是嗎？人家古瑄慈一定不這麼想吧？」

「她是情人眼底出西施……」

「不過，這位大叔的臉書相簿裏只有他的獨照。既沒有古瑄慈的照片，也沒有放兩個人的合照是怎麼回事？」程伊玲在螢幕上點來點去：「古瑄慈的臉書相簿裏也是，找不到一張她男朋友的照片，更沒有合照。」

「咦？怎麼會這樣？」

「『感情狀態』中也沒有註明與對方『穩定交往中』。難道他們兩個是假的情侶？」

「不可能啦，她們的確有在交往！晚上古瑄慈房間的……叫床聲，也都是真槍實彈……」

「妳怎麼知道？她們在床上的時候，妳是有在旁邊觀賞喔？」

「哪有？只有偷偷觀賞過一、兩次啦……」

游慧妤一不小心，說溜了嘴。

「什麼？偷偷觀賞過一、兩次？妳這個變態！變態！」

「喂，不要打我啦！是他們……太投入了，忘了把門關緊，才被我從門縫窺探到的。」

「還狡辯？妳有付人家門票錢嗎？太過分啦！」

「程伊玲！妳不可以跟古瑄慈講，也不可以跟她男朋友講喔！」游慧妤的臉紅到耳根。

「我不會講，我只會在臉書上留言……」

「也不可以留言！」

「那我跟他們兩個以外的人講……」

「不可以！不可以！都不可以！妳要帶著這個秘密進墳墓！」

「這樣對我有什麼好處呢？」

「程伊玲！妳還勒索我？」游慧好氣急敗壞，有如熱鍋上的螞蟻：「後天不是妳生日嗎？我請妳吃大餐。」
「這是最基本的吧。」
「幹麼這樣？那……我再買件衣服送妳！」
「抱歉，我現在缺的是名牌包。」
「名牌包我哪買得起啊？妳以為我是誰啊？」
「那就不要怪我心狠手辣啦……」
程伊玲雙手互搓，磨刀霍霍。
「幹麼這樣？幹麼這樣啦？」游慧好方寸大亂：「唉唷，不然，我介紹那位唸英語系的學姊范苡薰給妳認識。」
「好爛喔，這也算是好處啊？」
「話不是這樣講喔。學姊她精通好幾國語言，書又看得雜、音樂又聽得廣、什麼怪電影都不錯過，還會定期去參觀畫展、舞臺劇與舞蹈表演……」
「真的假的？」
講得程伊玲心癢癢地。
「這些不都跟妳的嗜好重疊嗎？妳們可以好好聊聊喔。」
「游慧好，妳太好運了，連續兩年都能跟這麼有水準的人當室友！」
「就是說嘛！我敢打賭，妳們兩個一定會很談得來。」游慧好伸出兩條短手臂與程伊玲勾肩搭背：「怎麼樣？成交嗎？」

「成交。」

「我偷窺的事，不能外洩出去喔！」

「不外洩不外洩……」

4

為了親睹范苡薰的風采，程伊玲吃完麵線後，硬是在游慧妤這間鬧過鬼的房子裏待了下來。游慧妤也幫忙打電話去催。十點過一刻時，終於盼到那位學姊現身在前陽臺裏。

「電影一散場，我就衝回來了。」

雖然使用了「衝」這個動詞，但是從推開木門、脫鞋到關上木門的動作都從容不迫，額頭上也沒有冒出半滴汗來。

她不疾不徐地望望游慧妤，再望望程伊玲：

「這位就是妳說的正妹同學嗎？妳好啊，我是范苡薰。」

「妳好，我是游慧妤的同學程伊玲，但不是什麼正妹啦。」

范苡薰的身高介於程伊玲與游慧妤之間，大約在一百五十七、五十八公分上下。挑染成淺色的長髮盤到頭上，米色的羊毛衫外罩上一件民族風濃鬱的棕色披肩，再加下半身的及膝長裙，使她整個人頗有一股剛從異域邊疆遊歷歸來的韻味。

臉龐寬寬的、顴骨部位的肉嘟嘟的、鼻樑也略塌的她儘管不是什麼絕世尤物。可是她深邃的雙眼皮下覆蓋著一對迷離的眼神，彎如弦月的雙眉刻劃出她的主見與執著，而溫溫吞吞的言行舉止，則為她平添優雅的神秘感。

蘊藏著爆發力的文藝氣質美女。

這樣形容她應該很貼切。她在沙發上坐下，用塗深藕色指甲油的手撥弄垂到鼻頭的長瀏海，悠哉悠哉地說：

「妳客氣了。如果妳長成這樣還不叫正妹，那要長成怎樣才叫正妹呢？」

「哈哈，謝謝啦。」

嘴那麼甜，教人不對她產生好感都難。

「游慧妤說，妳也很喜歡藝術？」

「是呀，尤其是書和電影。我……」程伊玲先拋出顆風向球測試范苡薰：「最近在看『變』這本書。」

范苡薰流利以對：

「是La Modificationa嗎？作者是法國新小說派的Michel Butor？」

「哇，妳還能背出法文書名與人名喔？」

「以前閒得無聊，有自修過一點法文。」

「這本書……」

「這本書不外是一個男人在從巴黎到羅馬的火車途中，對於他自己的人生、他與他太太以及情婦間關係的回憶與省思。前一陣子，我已經看完啦。」

范苡薰說得淡定。

「好佩服啊。」

「一般的情況下，小說中的主角不是以第一人稱『我』，就是以第三人稱出場。而這部作品最有名的賣點就是，它是以第二人稱『你』來貫穿全書的。」

一交換起讀書心得，范苡薰與程伊玲兩人就欲罷不能。

游慧妤由於插不上嘴，感到自己的存在有點多餘，便識相地「淡出」客廳，人「飄」進自己的房間裏去。

范苡薰書果然看得很雜，從純文學到類型文學、從漫畫到輕小說、從財經到歷史、從烹飪到建築、從文化研究到旅遊指南，幾乎來者不拒。

「我個人也是『涼宮春日』系列的書迷呢。不過我最喜歡的角色不是涼宮，而是『朝比奈』這個未來人。」

各類上市的新書，范苡薰皆能如數家珍，導讀得頭頭是道。

在電影方面，她偏好那種能夠觸動到心靈深處的作品。

「比如溫德斯的『巴黎德州』，以及奇士勞斯基的『紅色情深』。」她說。

很扼腕。這兩部片，程伊玲都沒有看過。

愉悅的時間總是過得特別快。暢談了快兩個鐘頭後，程伊玲有感而發：「我很難想像，在我們這種鳥私立大學裏，會出妳這樣的極品。」

「呵呵，謝謝恭維。」范苡薰一笑，兩眼臥蠶與顴骨部位的肉都更為隆起：「不過呀，這學期起，我已經跟妳們不同校了。」

「真的假的？」

「我轉學到另一間國立大學就讀了。」

經程伊玲追問，范苡薰才懶懶地報出校名。

「那間國立大學距離這裏很遠呢。」

「是啊。不管是坐公車還是搭捷運去，都要一個小時以上。」

「這樣不是很累嗎？妳怎麼不搬去近一點的地方住呢？」

靜默了一會兒的范苡薰，眼神更為迷離。

「可能是我從苗栗北上後，已經在這邊住滿兩年。都習慣了，就懶得搬啦。」她左手肘抵住茶几桌面，左手掌撐住臉頰：「如何？要不要學學我？」

「死守在這間房子裏，堅不撤退的精神嗎？」

「不是啦，我說的是轉學的事。」范苡薰眨動上下排的長睫毛慫恿程伊玲：「妳在這間學校讀書，快樂嗎？」

快樂？程伊玲嘟起嘴唇。

……說穿了，半點兒都不快樂。

即使她笑而不語，還是被范苡薰摸透心思：

「將心比心。妳現在在學校裏可能會承受到的委屈與不滿，我都能體會。當初，我也是這樣挺過來的。」

擁擠的校園、侷促的教室、得過且過的老師、混吃等死的同學。范苡薰話音甫落，這些東西就在程伊玲的意識裏盤旋不去。

「妳可能會覺得，自己就像是『醜小鴨』的童話情節一樣，明明是尊貴的天鵝，卻埋沒在鴨群裏。」

說得好。只能詠嘆，生我者父母，知我者范苡薰學姊啊。

「妳值得去一個更適合妳的好環境。國立大學當然也不盡完美，但起碼，起碼起碼，還勉勉強強有一個大學的樣子在。」

「我會慎重考慮的。」

「妳有沒有看過王家衛導演的『墮落天使』？裏面有一句經典台詞……」

人，不應該做自己不擅長的事。

程伊玲與范苡薰同步唸出這十二個字後，相對無言。

「氣氛怎麼嚴肅起來了啊？」程伊玲乾笑著打破僵局：「講點輕鬆的吧。學姊妳有男朋友嗎？」

范苡薰用小到不能再小的幅度搖搖頭。

「妳呢？」

「唉！」程伊玲也搖頭：「都遇不到好男人說。他們都到哪裏去了？」

「呵呵，有女朋友了、結婚了，或是死掉了。」

「要是能像妳們室友古瑄慈那麼幸運就好啦。」

「妳說古瑄慈的男朋友？」

「是啊，怎麼了嗎？」

范苡薰面色凝重起來：「關於她的男朋友，妳知道多少？」

「不多，就是一些基本資料……」

「妳看過他嗎？」

「只看過照片。」

「知道他幾歲嗎？」
「我知道，三十六歲。」
「他是做什麼的知道嗎？」
范苡薰一改氣質本色，彷彿八卦婆上身般考問程伊玲。
「之前在博物館工作，目前待業中。」
「妳知道的還不少嘛。」
「我還知道他常常在古瑄慈的房間裏過夜。可是，我只知道他的英文名字是Craig Jiang，不知道他的中文名字。」
范苡薰抿了抿嘴：
「他叫作蔣俊生。」
同樣是住在一個屋簷下，她的消息就比游慧妤靈通得多。那麼，問她這個試試看：
「我看古瑄慈跟她男朋友講電話時的神情，再加上才交往兩個多月，她們的關係應該還是很甜蜜的才對。」道人是非，讓程伊玲精神百倍：「但詭異的是，她們兩個的臉書上都沒有放合照，『感情狀態』中也沒有註明與對方『穩定交往中』，這是為什麼呢？」
范苡薰冷笑：「妳不知道原因嗎？」
「知道就不用問了……」
「那是因為，怕被蔣俊生的老婆抓包啊。」
「老婆？」
「蔣俊生已經結婚了，妳都不知道嗎？」

「真的假的？」

「他還有一個五歲的兒子呢。」

「天啊。所以他老婆還不曉得他劈腿的事囉？」

「應該是還不曉得吧，否則他就不會常常來古瑄慈房間報到了。」

「可是，老公常常在外面過夜，做老婆的都不會起疑嗎？」

「聽說，他老婆是個幹練的女強人，經常要去對岸出差，一去就是好多天……」

「學姊，怎麼什麼都瞞不過妳啊？」

「古瑄慈跟我很好，都會不定期向我報告啊。」

「所以，她也知道他的男朋友已婚、有小孩？」

「打從一開始交往時，她就知道啦。」

「知道還愈陷愈深，甘願當人家小三？」

「感情這種事，是很難用道德去衡量的。」這番話從范苡薰這樣的氣質美女口中說出，格外反諷：「而且古瑄慈才二十歲，只知道不計一切去愛，哪想得到那麼多？」

5

經過了一個星期，程伊玲再度到游慧妤家作客。這一次，是去向游慧妤賠罪的。

因為前一天夜裏，游慧妤心花怒放地聽了鍾立明長達二十分鐘的告白後，才發現對方表錯了情、自己也會錯了意。

鍾立明告白的對象不是別人，而是程伊玲。

這一切，都是由於程伊玲在未知會游慧妤的情況下，冒用游慧妤的身分，欺騙了鍾立明所致。

前一天夜裏十二點多，憂心忡忡的古瑄慈剛從游慧妤的房間離開，游慧妤的手機就響起來電鈴聲。是一組陌生的號碼。游慧妤接起電話：

「喂？請問哪裏找？」

「是游慧妤嗎？」

透過手機線路傳來的男性聲音十分急促。

「我是游慧妤。請問哪裏找？」

「我是『阿貴』蚵仔麵線店的鍾立明。『阿貴』蚵仔麵線店，就是『不好吃免錢』的那一家。」

是斜對面那位高高的帥哥！

游慧妤按捺住狂喜：「我知道你。你怎麼會有我的電話的？」

「裝肖維。妳那天自己告訴我的，忘了啊？」

那天我自己告訴他的？

那一天鍾立明語出驚人，說游慧妤現在住的房子是一間鬼屋，還說些吊死鬼出現在半夜的窗外對房客放話什麼有的沒的，把游慧妤嚇都嚇傻了。

是不是因此不察，而被套出了手機號碼，游慧妤自己也沒有把握。

「是喔？」

「那些曾在戴秀真上吊的房間裏遇過鬼的舊房客們，她們的真實姓名，我已經幫妳從我哥哥那邊全部問到了。」

「哇，好有效率。」

「我已經寫在簡訊裏傳給妳了，妳收一下。」

「我看看……有，有一則新簡訊……裏面是四組年月、綽號、人名與就讀科系，對不對？」

一九八七年十月 天地一沙鷗 江祐蕾 法律系

一九九一年二月 小玉 李尚蓉 日語系

二零零三年五月 Carol 陳凱齡 土地資源系

二零零八年四月 北極熊貓 韓靜玟 企業管理系

「最前頭的年月代表她們遇鬼的時間。」鍾立明說明：「這四個人都是女性，也都是你們學校的畢業生。」

「一九八七年、一九九一年、二零零三年、二零零八年，橫跨了好幾個世代啊。」

「畢竟戴秀真上吊迄今，也已經有三十年啦。」

「而且她們就讀的科系都隸屬於不同的學院：法律系是法學院、日語系是外語學院、土地資源系是農學院、企業管理系是管理學院……」

「學院什麼的我是不瞭啦。總之，希望這則簡訊有幫助到妳。」

「謝謝你。」

「哎呀，小事一件啦。」

客套完，鍾立明言歸正傳，開始闡述起他個人的戀愛觀來。就連過往的豐富情史，他也不吝與游慧妤一一炫耀。

奇怪，說這麼多是要幹麼？

游慧妤不發一語地聆聽著。末了，鍾立明總結道：「所以，妳應該知道我是什麼樣的人了吧？」

「啊？」

「跟我在一起後會怎樣，妳心裏也有數了吧？」

什麼跟什麼啊？

「不是我臭屁。通常都是女生向我告白，我很少主動的。」鍾立明自信滿滿：「但是，妳願不願意接受我的告白，做我的女朋友呢？」

說了！他說了「告白」這兩個字了！

還問我要不要當他的女朋友！上一次是我自己擺了個烏龍。這一次，他絕對是貨真價實地在告白了！

「這個……我……你……」

游慧妤支支吾吾，握住手機的手瑟瑟發抖。

「第一次見到妳，我就被妳可愛的五官所深深吸引。尤其妳那一對說話時喜歡轉來轉去的靈活眼珠、那一頭長髮，以及那兩片性感的厚唇。」鍾立明趁機大灌迷湯：「還有妳那無辜的眼神和療癒系的笑容……」

咦？說話時喜歡轉來轉去的靈活眼珠？厚唇？我有嗎？

有點不對勁。這些，不是程伊玲的特色嗎？

再說，什麼無辜的眼神、療癒系的笑容，好像一向也跟長相抱歉的自己無緣……

會不會鍾立明把我誤認為是別人了？所謂的告白，只是我空歡喜一場？

「暫停一下。」

游慧妤跟鍾立明核對手機號碼，無誤。

「你確定你要告白的對象是我，游慧妤？」

「那一天妳自己把名字告訴我的，不是嗎？」

「那天，我還說了什麼？」

「妳先問我『不好吃免錢』是真的還是假的，然後提到妳要來找房子的事，以及我哥哥的國中同學小麥克的名字……」

「那不是我，是我的同學程伊玲。你打錯電話，也告白錯對象了啦！」

摔完手機，游慧妤接著想給程伊玲來個過肩摔。

第二天學校沒課。接到游慧妤興師問罪的電話，程伊玲自知理虧，下午便親自登門賠罪。

「Sorry、歹勢，不該冒用妳的身分……」

程伊玲在游慧妤的房間裏又是鞠躬又是作揖地，教游慧妤又好氣又好笑。

「妳當作是在參加公祭喔？冒用我的身分是無所謂啦。但是，妳也要跟我先套好啊。」

「那天離開麵線店後，又在妳這裏認識了妳的兩位室友，古瑄慈與范苡薰學姊。」程伊玲指指自己的腦袋：「新塞進來的資訊太多，就把冒用妳身分的事忘光光啦。」

「害我還跟鍾立明在那邊自作多情了半天。」游慧妤揮手作驅趕狀：「算啦，就當是我偷窺古瑄慈的事被妳知道後，我付給妳的封口費吧。這樣我們就彼此抵消，兩不相欠了。」

「兩不相欠，一言為定。」程伊玲順著游慧妤搭好的臺階下：「不過，倒是從鍾立明那邊弄到了有用的情報。」

眼瞼又發癢了。她揉揉眼睛，用面紙擦去眼角的分泌物。

「妳打算怎麼做？去訪談那些舊房客嗎？」

「那是一定要的。可是，有些舊房客因為年代久遠，也不曉得找不找得到她們？就算人找到了，也不曉得她們願不願意接受訪談？」程伊玲看著游慧妤手機裏鍾立明傳來的簡訊出神：「像這種吃力不討好的事，我還是交給彭威愷吧。」

「可憐的學長，被妳玩弄在手掌心裏……」

「不要亂講好不好？什麼被我玩弄在手掌心裏？他自己歡喜做、甘願受的！」

「他為妳做了那麼多，妳還是不會理他對不對？」

「什麼話啊？幫過我的男生那麼多，每個我都要理，那我豈不忙死了？」

「好吧，當我沒說。」

「對了，妳剛說昨天晚上古瑄慈來房間找妳，是怎麼回事？」

「她來找我商量……」

「商量什麼？」

「那是因為……」游慧妤面罩寒霜：「她也看到吊死鬼了。」

昨天夜裏快十一點時，有人敲游慧妤的房門。

敲的力道很輕，很像范苡薰的作風。況且，平常也只有她會來哈啦，因此游慧妤不疑有他：

「學姊嗎？」

「不是。」門外的高亢女聲說：「我是古瑄慈。」

稀客，真是稀客。游慧妤推開門問：

「有事嗎？」

站在門外的古瑄慈頭戴藍色的棒球帽，上半身穿白色的細肩帶小可愛，下半身穿一件牛仔短褲，面色鐵青。

「我可以進去嗎？」

「請進啊。」

古瑄慈雙膝並排在地墊坐下，雙臂在腿上環抱。平日動如脫兔的她，這一刻卻沉默得像隻家貓。由於被棒球帽的帽簷擋住，坐在書桌前的游慧妤俯看不到古瑄慈的表情，難以猜測對方的來意。

如果，是她與蔣俊生吵架了呢？

那可就無能為力啦。從來沒有交過男朋友的我，只會愈幫愈忙吧。

如果，如果如果如果，是我偷窺她們的行徑東窗事發了呢？

那可就……死定啦！

磨蹭許久後，古瑄慈終於打破沉默：「我想問妳，妳晚上睡覺的時候，有沒有聽到什麼怪聲？」。

「什麼怪聲？」

「類似……有人講話的聲音。」

「沒有耶。怎麼了嗎？」

「我有聽到……」

「是妳上次跟我說的那個噩夢嗎？」

「不是噩夢，是現實。」

「什麼？」

「那是我在現實世界中聽到的聲音，而不是夢中。」

「可是，妳說是夢……」

「第一次聽到的時候，我腦筋昏沉沉地，意識還在半夢半醒之間，就以為是在做夢。」古瑄慈的表情埋在帽簷下：「但是，這個禮拜我又一連聽到了三次，三次都是在睡夢中被同一個女生在我耳邊碎唸的聲音吵醒。我一次比一次肯定，確實是有人在對我講話……」

妳錯了。那不是人，是鬼。

是三十年前，在妳房間上吊的戴秀真學姊的鬼魂。

「具體來說，她對我講的是既不是國語、臺語，也不是英語、日語，而是一種從沒聽過的奇特語言。」古瑄慈繼續敘述她的經歷：「充斥著窸窸窣窣的音節。照理講，我不可能明白那些音節的意思。但不知道為什麼，那些音節就會自動被我的大腦解讀成如下的字句：『黑窩、黑窩、壞黑窩……』」

一股寒意，從游慧妤的足底直達腦髓。

「妳有看到她人嗎？」

古瑄慈仰起頭來，額頭冒現數條清晰的青筋，說：「看到了。」

游慧妤驚叫連連。

「就在昨天半夜，這個禮拜內第三次聽到怪聲的時候，我人躺在床上，隱約感受到頭頂上的氣場有異。好像方圓內除了我之外，還有別的生物存在……

我的頭頂，就緊臨著房間裏唯一的一扇窗戶。我不敢起身，便將脖子向後彎，目光徐徐往上移動。

然後，我就看到了。

一個貼著窗戶的女人……

由於我姿勢的關係，所以看到的影像是倒著的，辨識不出她的長相與衣著。但是她頸部圍著的那條細長的塑膠跳繩，留給我深刻的印象。」

游慧妤上氣不接下氣：「媽呀，妳有狂叫嗎？」

「我很想，但叫不出來。」古瑄慈哭喪著臉：「我就這樣睜著眼睛死盯著天花板，嘴裏亂唸些心經佛號什麼的，直到天亮。」

「……」

「更恐怖的是，那個女人還一直在叫我的名字。」

「她、她怎麼知道妳的名字？」

古瑄慈搖頭：「我只好摀住耳朵，但是她的聲音還是不斷鑽進我的腦袋裏。整夜，我的心臟撲通撲通地狂跳，胃也絞痛起來，都快吐出來了。」

「天呀……」

「女人消失前，還撂話說：『……否則，就勒死妳！』」

待兩個人的情緒都稍稍平復些後，游慧妤啟齒問古瑄慈道：「妳準備怎麼辦呢？」

古瑄慈紅著眼眶搖頭。

「其實，讓我難過的不是遇到鬼，而是必須一個人孤伶伶地面對鬼。」她語重心長地說。

「昨天晚上，妳男朋友不在妳身邊嗎？」

「他老婆上星期從大陸出差回來了。」古瑄慈也不避諱：「所以這個禮拜，我都是自己一個人睡。」

她當小三的事，游慧妤既不表訝異，也沒多問；兩人心照不宣。

「遇鬼的事，妳沒告訴他嗎？」

「沒可能。」

「為什麼呢？」

「他老婆在臺灣的時候，我們是完全斷絕聯繫的。我既不能打電話給他，也不能在網路上傳任何訊息給他，更不能和他見面！」

「這是他規定的？」

「嗯。」

游慧妤腦子一片空白，想不出安慰的話語。這時候，要是伶牙俐齒的程伊玲在就好了。

「真想問他，對他而言，我到底算是什麼？一個無知的嫩妹？天真爛漫的小情婦？」

「……」

「他也嚴禁我把我們的事向朋友、同學公開。」古瑄慈語帶哽咽：「我想來想去，也只有向熟知我們內情的室友訴苦了。」

「那麼，范苡薰學姊怎麼說呢？」

「她？別說訴苦了，我們的事，我連提都沒向她提過。」

「她那麼聰明，應該可以給妳一些建設性的意見吧。」

「或許。可是，我幾乎沒和她講過話。」

「為什麼呢？」

「總感覺出她對我……」

「怎麼了嗎？」

「算了，沒事。而且，我還有另外一個煩惱……」

「又怎麼了嗎？」

古瑄慈語塞。

「算了，也沒事。我再好好想一想好了……」

「妳可曾聽過『本校學姊的吊死鬼詛咒』嗎？」

游慧妤試探性地問道。古瑄慈心不在焉地反問：「沒聽過。那是什麼？」。

「算啦，有機會再跟妳說吧。」

趁人家情緒脆弱時雪上加霜，就太不厚道了。

「真丟臉。」古瑄慈擦擦眼角的淚痕，起身道：「耽誤妳睡覺的時間，陪我傾吐這些心裏的垃圾。」

「別這麼說，我根本也沒幫上什麼忙……」

送客時，游慧妤才發現對方琉璃娃娃般的精緻五官旁，新冒出了好幾顆痘痘來。

「改天我再勸勸她好啦。」

聽完古瑄慈的遭遇，程伊玲發自內心不捨道。

「她視妳為她的分身。妳的建議，她多少能聽得進去。」

游慧妤說。她一接過程伊玲歸還的手機，手機的來電鈴聲就適時響起。

「是房東。啊！可能是學姊忘記把我們這個月的房租繳給他了！」接起手機的她誠惶誠恐：「喂，雷伯伯，不好意思……我知道我知道，不好意思。啊？我也不曉得學姊她為什麼沒接你的電話耶……對不起對不起，你現在在家嗎？在喔？等會兒要出去喔？好好好，我馬上過去繳……」

游慧妤掛斷電話時，程伊玲就拍拍屁股，從昨晚古瑄慈坐過的地墊位置站了起來。

「走吧，我跟妳一起去。」

「幹麼啊？我又不是未成年人，用不著妳監護啦。」

程伊玲啐了啐嘴，雙臂在胸前交抱：「妳別臭美啦，我才不是去監護妳的，而是想親眼見識一下，妳那位三十年來一再厚著臉皮出租凶宅的房東雷伯伯，到底是何方神聖？」

第三章　教室

1

拜訪過那位房東雷伯伯之後的隔週中午，程伊玲與游慧妤又將中飯從自助餐廳打包，提前到下午上課的教室裏果腹。

程伊玲剛在座位上打開紙餐盒蓋，就猴急地問游慧妤：「彭威愷呢？」

「妳說學長喔？」

「他沒出現在教室門口嗎？」

「沒有耶，沒看到人耶……」

「皮癢的傢伙！老娘約他，還敢給我遲到？」

「妳當學長他是隨叩隨到啊？」

「這不就是他僅存的利用價值嗎？」

「好狠啊妳。好歹，他也是我們的學長啊。」

「妳那麼一板一眼幹麼？我都當他是平輩，從來不曾當他是什麼學長。」

「好了好了，妳們倆別為了我鬥嘴啦。」伴隨著招牌破音的彭威愷如一陣風般竄入教室，直撲而上：「甜心學妹，我知道妳已經等不及要見我了。別忙別忙，好酒沉甕底，我這不是就來了嗎？」

「等不及你個頭啦！我要問你，我上禮拜交待下去的事，你辦得如何了？」

「妳是說，有關那些遇過鬼的舊房客們……」

「你不是有拜託你在徵信社工作的叔叔幫忙嗎？不要跟我說你的進度落後了喔！」

程伊玲瞄了瞄彭威愷身上一成不變的黑夾克與卡其長褲。看來，這人既沒錢買別套服裝，也從不洗衣服。

「開什麼玩笑？既然是甜心學妹的委託，我怎麼怠慢得起？」彭威愷學健美先生鼓起右上臂肌肉，得意洋洋：「告訴妳。一個禮拜之內，我叔叔就全部結案了！夠專業吧？」

「夠專業。」

「他的調查報告在我的電腦裏頭。」彭威愷從他背的包包裏拿出已打開電源的雙核心薄型筆電放在桌上，並開啟檔案：「有那位戴秀真學姊的全名，以及那間凶宅的地址，調查起來就順利多了。謝謝啦！」

「客氣什麼？」

程伊玲心裏覺得好笑。該道謝的人，應該是她才對。

彭威愷不以為忤，開始熱心地為兩位學妹簡報檔案的重點：「第一部分是相關的統計數據。調查顯示，捨去現任房客，也就是那位古瑄慈學妹不算，在戴秀真死後的三十年中，一共有十九個人住過她上吊自殺的房間。」

「十九個？」游慧妤插話道：「好多啊。」

「他們清一色是本校學生，名字在這裏。十九個人中，有九個是男性、十個是女性。」

「性別比近乎一半一半……」

程伊玲自言自語。彭威愷又說道：「清查後發現，在這十九位舊房客中，有實地遇過吊死鬼的，就只有江祐薔、李尚蓉、陳凱齡與韓靜玟四個人。」

「只有她們四個人？」程伊玲訝然道：「就跟我給你的名單一樣。」

「其他十五個人則風平浪靜。直到他們搬離，都不曾有任何靈異事件找上門。」彭威愷推論道：「儘管『本校學姊的吊死鬼詛咒』眾所皆知，但其人名、地點等細節卻蒙上神秘的面紗，或許就是因為真正遇過吊死鬼的房客並不多吧。」

他瘋癲歸瘋癲、脫線歸脫線，邏輯倒是井然有序。程伊玲點頭同意：

「這一點，不無道理。」

2

彭威愷將檔案視窗翻頁後，開始就調查報告的第二部分，逐位簡介起那些遇過吊死鬼的學姊們。

「第一位，江祐薔，新竹人，AB型雙魚座，家境小康，一九八五年到一九八九年就讀於本校法律系。妳看，這張是她的學士照。」

是位短髮大眼的美人胚子。

「滿正的吧？」彭威愷說：「從大學入學到畢業，她不但是她們班的班花，也蟬聯了四年的系花。」

「當之無愧。」

美得讓程伊玲五體投地。彭威愷又說：「因為長得太漂亮，所以她大一上學期時，就被一個大三的學長給追走了；學長的名字與照片在這裏……交往半年後，她又改跟一個大二的學長在一起；這位學長的名字與照片在這裏。」

「很忙嘛她。」
「到了大二，她接受了一位外系學長的追求；這位外系學長的名字與照片在這裏……到了大三，她拋棄外系學長，轉而吃回頭草，與一位同班同學維持了兩年的戀情，直到對方畢業後去當兵為止。」
「夠了，這位同班同學的名字與照片，就不必報給我知啦。」
「遵命。江祐薔學姊遇見吊死鬼的一九八七年十月是在她升上大三的時候，也就是她與那位同班同學交往的期間。那時，她才在那個房間裏住滿兩個月。」
一九八七年，那是戴秀真死後兩年的事。
彭威愷的語氣變得神秘兮兮：「勁爆的是，我叔叔還查出了三個月後的一九八六年一月，她去某家婦產科診所的醫療記錄。」
「醫療的項目是？」
程伊玲問。彭威愷拉高尾音：「人工流產手術，俗稱墮胎……」
「哇，這麼私密的事，你叔叔也調查得出來？」
「就跟妳說他是專業的嘛！更勁爆的是，孩子的父親，並不是她當時交往中的同班同學……」
江祐薔學姊豪放的程度，比起現今的大學生來可說不遑多讓。但是，安全措施的知識就差多了。
「墮完胎後的一個月，她就搬去別的地方住了。」
「她從法律系畢業後，有學以致用嗎？」
彭威愷搖頭後又點頭：
「她沒考上律師，也沒考上司法官。但輾轉在好幾家民間企業的法務部門工作過，也算是有學以致用。」

程伊玲深知律師與司法官都是出了名的難考。這位江祐薔學姊大學談了四年戀愛，男友換了一個又一個，中途還分神去「夾娃娃」，怎麼可能考得出什麼好成績來？

「她結婚了嗎？」

「結婚了。先生是任職電腦公司的高階主管，大她七歲。婚後，她們育有一男一女兩個小孩，現在都已經唸完大學了。」

「沒錯，她承認那是她大學時代最愛看的書。」

「而有關『天地一沙鷗』這本小說……」

「有什麼原因嗎？」

「她在電話中表示，中學六年的升學壓力，令她格外羨慕書中主角，那隻叫『岳納珊』的海鷗自由自在翱翔於天空的勇氣……」

所以進大學之後，她就把這份翱翔的勇氣，用在她的感情世界裏了。

「訪談的邀約，她怎麼說？」

「她說，過去的就讓它過去，她不想翻舊帳；曾經遇鬼的經歷，她也不願再提起。」

「是喔。」

程伊玲頗為失望。彭威愷操作著滑鼠：

「妳看，這是她的近照。」

歲月無情，紅顏不再。照片中的歐巴桑與當年炙手可熱的班花、系花樣，已判若雲泥。

「第二位呢？」

程伊玲只好轉移目標。彭威愷看著電腦螢幕說：「一九九一年二月遇見吊死鬼的李尚蓉，O型巨蟹座，臺中女中畢業後重考過一年，一九九零年到一九九四年間，就讀於本校的日語系。」

大學生活照中的她長髮披肩，也是位清秀佳人。

「大一的時候，她就跟男朋友兩個人瞞著房東，偷偷在那個房間裏同居，直到一九九一年六月才搬離。」彭威愷唸著檔案中的資料：「一九九一年九月，才二十歲的兩人奉子成婚。十一月，小孩就出生了。」

「這段婚姻……」

「以離婚收場。不過她二十六歲那年再婚，與第二任丈夫又生了兩個小孩。」

「她目前的工作是？」

「出版社的日文編輯，負責的書系包含漫畫、動畫與輕小說。」

都在程伊玲的閱讀範圍內。如果能跟這位學姊聊聊她的工作，想必很有趣。但是，此一念頭很快破滅。

「但是，她說她在忙書展的事，無暇接受訪談。」

「電話訪談也不行嗎？」

「她可能真的很忙，跟我沒講幾句話，就把電話給掛了。」

又斷了一條線索。

「既然這樣，她的近照就跳過去免看了。第三位陳凱齡學姊……」

「她的命運很坎坷。二零零三年三月，也就是她在那個房間住滿兩年後，她在附近的巷子裏被人性侵，皮夾也被搶走，嫌犯至今尚未落網。四月份，遇到吊死鬼。七月，她去醫院做人工引產，把小孩拿掉……」

「小孩？」

「就是那個性侵她的嫌犯播的種。」

「天呀，殺千刀的……」

程伊玲與游慧妤同聲譴責。

「她並未被接連的挫折擊倒，仍按原訂計畫在那個房間裏住到大學畢業。之後她通過地政士考試，在代書事務所工作。」

「總歸是否極泰來了啊。」

「不然。造化弄人，這位陳凱齡學姊已經不健在了。」

「為什麼？」

「去年她去菲律賓旅遊時，遊覽車被歹徒劫持。在員警攻堅的過程中，她誤中流彈而亡，得年才三十一歲。」

程伊玲與游慧妤同感沉痛，無語問蒼天。

照片中，一張鵝蛋臉的陳凱齡身著套裝，笑容異常燦爛，彷彿已灑脫地看淡這一切。

「最後一位韓靜玟學姊……」程伊玲強打起精神。

「她願意接受妳的訪談。而且，她上班的地方離學校不遠。」彭威愷重申道：「她上班的地方離學校不遠。妳沒事的話，她隨時奉陪。」

3

當天傍晚，程伊玲就以為五十週年校慶特刊採訪的名義，與韓靜玟相約在學校行政大樓一樓的空教室裏。

「因為經費拮据的緣故，無法請學姊喝下午茶或吃飯，真是抱歉。」

「沒有關係的。我也才從學校畢業沒幾年，很瞭解學生的難處，妳就別再見外啦。」

韓靜玟年近三十，留一頭挑染的中長捲髮，窄窄的鼻樑上架著細框的近視眼鏡，眼影塗得頗深，白襯衫、牛仔褲、牛皮側肩包的裝扮與程伊玲相彷，像是休假日從家裏而不像是上班日從辦公室裏繞過來的。

口齒清晰，像電視新聞的女主播。她遞過來的名片上印著：

國際文教事業機構 行銷部資深專員

她們隨興選了兩個對坐的空座位坐下，程伊玲還開啟手機的錄音功能做做樣子，就這麼克難地訪談起來。

「實不相瞞。」簡短自我介紹後，程伊玲開門見山：「今天邀學姊來，主要是請教一個有一點點禁忌的話題。」

「沒問題，妳說。」

「與鬼故事有關。」

「嗯，這的確是校慶特刊上的好賣點，只要過得了校長、老師他們那關的話。」

「『本校學姊的吊死鬼詛咒』，學姊應該聽過吧？」

韓靜玟眨了眨眼，猶疑片刻。

「是的。這個詛咒，我想很多本校學生都聽過。可是，為何找上我……」

「因為我從可靠管道得知，學姊妳有親身經歷。」

「妳所謂的可靠管道是？」
「『阿貴』蚵仔麵線店老闆的兒子。」
聽到「阿貴」二字，韓靜玟胸前的十字架項鍊晃動了一下。
她並未迴避：「是老闆的大兒子還是小兒子？」
「小兒子。大兒子已經結婚，搬出去住了。」
「喔，那位小帥哥啊。」韓靜玟寬慰地笑了笑：「以前我們都懷疑他是老闆跟洋妞偷生的。」
「就是他告訴我，妳大學時代住在他們家斜對面的十三號四樓，而且是進門右手邊的第一間房。」
「是的，我住進門右手邊的第一間房。」
「想請問學姊，妳是何時入住的？」
「我想一想，我是大二上學期開始入住的，那一年是……二零零六年八月，不對，九月。」
「住到什麼時候才搬走的呢？」
「二零零九年六月畢業後，我還又住了三個月才搬走的。」
韓靜玟遇見吊死鬼的時間是二零零八年四月。也就是說，之後她還在那個房間住了一年五個月。都已經活見鬼了，還能撐那麼久？
面對程伊玲的疑問，韓靜玟聳聳肩道：
「那是因為，遇鬼的經歷雖然恐怖，但也就只有那麼一百零一次而已。而且，搬家又麻煩得很……」
「所以，學姊妳只有遇過吊死鬼一次？」
「是的。」
「可以詳述一下經過嗎？」

「我是慈幼社的社員。」韓靜玟唐突地說：「你曉得慈幼社是幹什麼的嗎？」

「曉得。去到育幼院裏頭，關懷孤苦無依的小朋友。」

「是的。那一天我得到育幼院的特准，可以帶我認養的小男孩出去逛街，並到我房間裏過一夜，第二天再送他回育幼院。

那個小男孩叫作小傑，當時才四歲。從他兩歲的時候，我就每個月三百元、每個月三百元地這樣接濟他。金額雖不高，卻是我的一番愛心。每隔兩、三個月，我會去育幼院裏陪他玩一個下午。無父無母的他看到我總是樂不可支，時間到了也會一直拉著我，不讓我走。」

陷入回憶的韓靜玟，目光中充滿慈愛。

「當天，從來沒出過育幼院大門的他到了百貨公司，看到這個也想要、看到那個也想要。我一咬牙，就把那個月僅剩的零用錢都拿給他買玩具了。

晚上，我們同睡在我的床上。可能是白天玩得太瘋了，他一躺上床就呼呼大睡。我也因為照顧了他一天，而早早沉入夢鄉。

隨後，事情就發生了。

睡到一半時，我就體驗到『鬼壓床』。你曉得那是什麼吧？我的意識清醒，但是身體卻動彈不得；而且愈想動，就愈是動彈不得。

我滿頭大汗，以為自己的身體是被小傑壓住了。掙扎許久，忽然聽到耳畔發出低沉的女聲。

奇特的是，那聲音講的雖然是聽都沒聽過的怪語言，但我卻能意會出話中的意思，並且在腦中轉譯出來。內容就是：『黑窩、黑窩、壞黑窩……』

當然，我怎麼想也不明白那代表什麼。這時，壓住我眼皮的力量鬆開了，於是我睜開眼睛，看到了窗外的倒影……

那是一個長髮覆面、脖子上纏著一條細跳繩的紅衣女鬼。

她就在窗外飄呀飄地。我看不到她的長相，也閉上眼睛不敢看她的長相。很快地我就全身冒起冷汗，胃痛到不行，嘴巴有想吐的感覺……」

跟古瑄慈當時的反應很像。

「沒多久，我感覺她好像在用手碰我的臉。我沒有勇氣張開眼睛，全身動也不動，不，應該是說不能動、動不了。我愈是害怕，臉上的碰觸感就愈強烈。

突然，臉上一陣刺痛。我怪叫出聲，吵醒了身旁的小傑。小傑一搖我，我的身體就恢復正常了。再睜眼回頭看窗外，女鬼的身影也已消失無蹤。

『姊姊，妳怎麼了？』小傑瞪大眼問我：『是不是做噩夢啦？』

『是的，姊姊做噩夢啦。』我只好這麼回答他。

可怕的是，我看到小傑的手臂上，竟然留有十個清楚的指印！真嚇死我了……

我再也睡不著，就這樣抱著小傑躺到天亮，中午前將他送回育幼院去，下午就到熱鬧的地方去去霉氣。

我混到很晚才回去。進門前，我到對面的阿貴蚵仔麵線店吃宵夜，老闆和老闆的大兒子都在店裏。由於是常客，我跟他們都很熟了，就把昨晚的經歷告訴他們。

「老闆聽完，臉上的肌肉動也沒動，一副習以為常的樣子，哼了兩聲後就上樓去了。

「『北極熊貓！』老闆的大兒子跟我同歲，他叫著我的網路暱稱：『實際上，妳並不是第一個有這種經歷的人』。

「『是嗎？』

「『在妳之前，我知道還有別人也在那個房間裏有過同樣的經歷。』說完，他就給了我其中一個人的姓名與聯絡方式。」

「是叫作江祐蓄的學姊嗎？」程伊玲問。

「不是這個名字。」

「李尚蓉？」

「也不是。」

「那一定是陳凱齡學姊了，對不對？」

「咦？妳怎麼知道？」

「訪談學姊之前，我也是有在做功課的。」

程伊玲昂然道。韓靜玟往嘴裏塞了一顆喉糖，點頭表示讚許。

「當晚我開著房門睡覺。因為擔驚受怕，睡得零零落落地，所幸舊事並沒有重演。後一晚、後兩晚也是一樣。從此，吊死鬼就再也沒出現過了。

「幾天後，我和那位陳凱齡學姊聯絡上後，就到她工作的代書事務所找她。一問之下，麵線店老闆的大兒子並沒有騙我。她遇到吊死鬼的經歷，也跟我大同小異。」

「是啊，而且她也是忍功了得，忍到畢業才搬離那個房間。」

「她說，她並不是不信邪，而是遇鬼那年的暑假後，吊死鬼就沒再來鬧她了，否則她也可能會提前搬走。」韓靜玟咬碎喉糖後吞下肚去：「說起來，那個吊死鬼對我和她還算手下留情呢。在她前一個遇鬼的學姊，就是妳講的李尚蓉，可就沒有那麼幸運啦。」

「哦？難不成陳凱齡學姊當年遇到吊死鬼的時候，也有在阿貴蚵仔麵線店的引介下，前去向那位李尚蓉學姊求助？」

「你還蠻會猜的嘛。據李尚蓉學姊自述，有段時間裏吊死鬼幾乎是夜夜來鬧她，搞得那陣子她和她同居男友的關係非常緊張，兩個人三天一小吵、五天一大吵。」

「吵什麼呢？這種時候，情侶間不是應該同心協力、相互扶持嗎？」

「她男友吵著要搬走。可是她受租約所限，哪能說搬就搬？她男友受不了，鬧鬼兩個月後，就一個人收拾行李先落跑了。」

「竟然丟下自己的女朋友？太扯了。」

「再兩個月後，她也步上男友的後塵逃離了那個房間。導火線就在於吊死鬼愈來愈離譜的言行……」

「怎麼個離譜法？」

「夜裏，吊死鬼的擾人低訴已經惱羞成怒，變為語帶威脅：『壞黑窩，否則就勒死妳！』」

儘管是舊調重彈，但這句話從韓靜玟的口中說出時，還是讓程伊玲周身的寒毛直豎。

「更驚悚的還在後頭呢。她醒過來後照鏡子一看，發現脖子紅紅緊緊的，而且殘留著被繩索之類的東西勒過的痕跡……」

程伊玲從頭到腳的雞皮疙瘩都快掉滿地了。

「到了這個地步，那房間是不能再待下去啦，不然命都保不住了。第二天，她只好乖乖付了違約金，走人了事。」韓靜玟攤開雙手：「好啦，我所知道的部分，全都告訴妳啦。」

因此，從彭威愷、新聞系班對、小麥克、鍾立明到韓靜玟，從口耳相傳、網路論壇與部落格到親身經歷，吊死鬼的輪廓益發鮮明，真實指數也瀕臨破表……

可以斷定，所謂「本校學姊的吊死鬼詛咒」，絕對是假不了的啦。

程伊玲想到上星期的某夜，古瑄慈前去敲游慧妤房門的事。

「類似……有人講話的聲音。」

「一個貼著窗戶的女人……」

「……她頸部圍著的那條細長的塑膠跳繩……」

「『壞黑窩，否則就勒死妳！』」

既然沒理由說謊，那麼古瑄慈已經被吊死鬼給盯上，應該是不爭的事實。隨之而來，警告她的責任，似乎也落在程伊玲的肩頭上。只是……

「算了，沒事。而且，我還有另外一個煩惱……」

古瑄慈滿腹心事，似乎有什麼難言之癮。該如何措詞，才能說動她呢？

程伊玲正苦惱時，對坐的韓靜玟驟然換上另一副職業性的口吻：「我說學妹啊，為了報答我對妳的採訪知無不言、言無不盡，妳小小回饋我一下，也算禮尚往來吧？」

「什麼？」程伊玲不明白她的意圖。

「譬如，外界不是老批評時下的大學生太過自我封閉、沒有什麼國際觀、欠缺全球性的競爭力嗎？這類論調，聽久了妳會很不服氣，對不對？一部分這也要怪教育部，沒事設那麼多本土大學與研究所幹麼？讓我們的莘莘學子可以就近就讀？但是學子們就讀了，又要擔上這些罪名。何謂封閉？何謂國際觀？何謂競爭力？一百個人可能有一百個不同的定義。並且，我們的大學生是很優秀的，不乏克服這些障礙的潛力，只是苦無機會罷了。」

滔滔不絕，聽得程伊玲一個頭兩個大。

「現在，機會來了，反擊那些封閉、沒有國際觀、欠缺競爭力的指控，機會就在這裏！」韓靜玟抽出牛皮側肩包內的厚檔案夾，對半攤開：「妳要遊學，我們有四種套餐的遊學專案，套餐A、套餐B、套餐C、套餐D，每種套餐裏的項目有固定的部分，也有客製化的部分；妳要留學打工，我們有三套標準作業程序搭配的行程，打工的地點有亞洲的日本與新加坡、美洲的美國與加拿大、歐洲的英國與德國，也有澳洲與紐西蘭；妳要正式的留學，我們有託福、GRE、GMAT等各類留學考試的堅強師資陣容，開班從八週班、十週班到十二週班不等，還提供申請國外學校的諮詢與代辦服務，以及國外生活的模擬營隊……」

程伊玲終於熬到韓靜玟換氣：

「我才大二耶。現在就接觸這些，會不會太早啊？」

「才不會呢，一點也不嫌早。妳如果到了大四才報名，就什麼優惠都沒有了；大三報名的優惠也不多。我們新規劃的早鳥方案，就是以大二生為上限。妳看，相關規定在這邊……」

盛情難卻下，程伊玲只好留下資料與聯絡方式。

這次，她可沒再冒用游慧妤的身分了。

第四章　公寓

1

十二月的第一個星期五，下著細雨的晚上九點鐘。

撐著傘的程伊玲在游慧妤的住處樓下狂按電鈴。不旋踵又拿出手機撥打，亦無人接聽。她改在臉書上留言，再用Line傳訊息後，總算收到回音了。

很好。快放我上去、快放我上去……

雖然不像上次那位游慧妤的房東雷伯伯，那位討人厭的老猴，逼得程伊玲在大門外枯等了十五分鐘之久，但眼前這兩扇不動如山的大門，還是讓她在這種又冷又濕的鬼天氣裏瑟縮了快三百秒，快三百秒，才向內彈開。

她心知肚明，幫忙開門的人慢手慢腳慣了，苛責也苛責不來。

怕累的她，決定一步一階梯地走上十三號四樓。

繼樓下大門後，穿黑色無袖背心與短褲、脖子上還圍著擦頭毛巾的范苡薰再一隻腳踏進前陽臺裏，幫程伊玲打開鐵門。

初識以來，這已經是她們第三次，不，第四次在這裏見面了。與前三次志同道合的閒聊不同，這一次，程伊玲是銜命而來。

「抱歉，我剛剛在廁所洗澡。外頭很冷吧？」

范苡薰這位文藝氣質美女，擁有一樣得天獨厚的特異本領。
那就是再怎麼因為她慢條斯理而誤事、再怎麼因為她慢條斯理而砸鍋，她都不致被旁人的怒火所波及。
大家會自動跳過她而對事不對人，就不相干的因素怪東怪西地，就是沒有人忍心發她脾氣、追究她的責任。
就像上個月她忘了按時繳房租，勞動游慧妤出面擦屁股。事後，她也全身而退。
「還好，普通冷而已……」
「妳今天的造型不一樣囉。」
范苡薰將脫了長靴的程伊玲迎入客廳後，用塗淡紫色指甲油的食指指著程伊玲黑白相間的寬髮帶與後腦勺的馬尾說。
「下雨嘛，走邋遢風。頭髮紮成這樣，行動比較方便。」
程伊玲將黑色毛領外套脫在沙發上，拍拍高領毛衣與長褲上的雨水。
「而且還戴這個？」
范苡薰又指指程伊玲鼻樑上的黑框眼鏡。程伊玲推推眼鏡，怨嘆道：「最近眼睛裏一直有分泌物。戴隱形眼鏡的時候，鏡片會一直往上移。昨天去看了眼科後，醫生說必須停戴隱形眼鏡，點眼藥水治療結膜炎。」
「是嗎？我還不知道妳有近視呢。」
「我兩眼的近視度數，都超過一千五百度。」
「哦？那麼深啊？」

「妳沒看我的眼鏡鏡片那麼厚？」

「的確……而且在厚鏡片的折射下，妳的眼睛變得好小喔。」

「就看書、看電影看的啊。而且我讀國中的時候，被我從一個網友那邊領養過來的貓咪抓傷眼球，視力雪上加霜。要是沒戴上眼鏡的話，就跟個瞎子沒啥兩樣。」

「我也有戴隱形眼鏡。」范苡薰指指自己迷離的眼眸：「可是，我的近視度數只有五、六百度，跟妳沒得比。」

「贏這種比賽，一點都高興不起來……」

「說得也是，妳還是快幫游慧妤找她的手機吧。」

下午課上到一半時，游慧妤接到從她南投家裏打來的電話。

母親告訴她說，父親中午忽然在家門口前暈倒，已經送醫急救了，目前情況不明。

猶如晴天霹靂。游慧妤呆若木雞，再也無心上課。

「快回家去吧。老師如果點名，我會替妳報備的。」

程伊玲說。於是，游慧妤抱起手提包從教室後門溜了出去。一個鐘頭後，程伊玲的手機接獲號碼不詳的來電。

「喂？」

「是我。」電話彼端的游慧妤欲哭無淚：「我的手機不見了。」

「不見了？不是在妳的手提包裏嗎？」

「我都翻遍了，沒有。」

「怎麼會？衣服口袋呢？褲子口袋呢？」

「都沒有……」

父親出事，又掉了手機，著實禍不單行。

「我在臺北車站裏上樓下樓找了好久，都要放棄了，才找到這具公用電話。」

「妳如果只是要打一通電話給我的話，來往車站的旅客那麼多，幹麼不跟他們借一下手機呢？」

「他們又不認識我，我也不認識他們，怎麼借啊？」

「妳怎麼那麼死腦筋？開口借就是了，還管他認識不認識的？」

「我又不是妳……」

「別說那麼多廢話了。你打電話給我是要……」

「我懷疑，手機可能是在我回房間收拾行李時，忘了帶啦。」

「妳要再折回房間去找嗎？」

「不行啦，我到臺中的高鐵票已經買好了，再五分鐘，不，再四分鐘車就要開啦。」講著講著，游慧妤抽抽噎噎起來：「而且，萬一錯過見我爸爸的最後一面，我就後悔莫及了……」

「呸呸呸，不要烏鴉嘴！妳爸爸吉人天相，肯定沒事的。」

「所以，妳能幫我去我房間裏找手機嗎？」

「好是好。可是，我沒有鑰匙……」

「我房間的門鎖前天壞了，妳知道嗎？」

「我又不會通靈，怎麼會知道呢？」

「鎖不起來了。因此，妳不需要鑰匙，就可以進入我的房間……」

「但是，妳們木門的鎖我要怎麼辦？鐵門的鎖我要怎麼辦？樓下大門的鎖呢？」
「這個……」
「妳室友她們今天會在家嗎？」
「對喔，我問她們看看……」游慧妤掛斷電話。
程伊玲在教室座位上玩Candy Crush殺時間。剛過了一關，游慧妤就又打回來了。
「我剛聯絡過古瑄慈，她說她會晚一點回去……」
「晚一點是多晚？」
「大約十二點以後。」
「十二點以後？離現在還有十個鐘頭哩。」程伊玲看看手機螢幕上的畫面：「我可不想跟這些條紋狀的雷根糖與彩球再繼續奮戰十個鐘頭。范苡薰學姊呢？妳聯絡她了嗎？」
「聯絡了。她傍晚六點鐘跟人約了談事情，九點鐘還要再去看電影。得知我的慘況後，她決定談完事情，九點左右就回去，好幫妳開門。」
「還是學姊夠義氣。」

2

程伊玲伸出被雨淋得濕漉漉的右手握住第二間房的水平式門把，往順時針方向旋轉後，向內推開了門。
她試了試門鎖。一上鎖，鎖頭就自行彈開；再上鎖，鎖頭又自行彈開。
「秀逗得很厲害啊……」

她說。身後的范苡薰用毛巾猛擦著耳洞：「無法上鎖嗎？」
「完全無法。」
「得儘快通知房東才行……」
「我看，最好是自求多福。就甭指望那位雷伯伯啦！」
程伊玲沒好氣地反駁。范苡薰把毛巾拿在手上揪成一團：「怎麼了？妳跟雷伯伯有什麼過節嗎？」
「過節？過節可大啦……」
上個月底，程伊玲因為對阿貴蚵仔麵線店的鍾立明冒用游慧妤的身分，而來游慧妤房間裏賠罪的那一天。
一掛上房東來催繳房租的電話，游慧妤當即撥打范苡薰的手機號碼。
「噓，我在看電影呢。」范苡薰悄聲說。
「學姊，事情大條了……」
游慧妤娓娓道來後，范苡薰驚呼道：「糟糕。繳房租的事，被我忘得一乾二淨啦。」
每月中旬，由范苡薰、古瑄慈與游慧妤三人輪流將收齊的三人份房租繳交給房東雷伯伯。前一次輪到游慧妤；這一次則輪到范苡薰。
「沒關係。學姊，妳繼續看妳的電影，我現在騎車去戲院跟妳拿房租錢，然後去雷伯伯家繳。」
「謝謝妳的貼心。可是，我沒帶在身上耶。」
「是喔？」
「我把我們三人份的房租錢，都放在我的房間裏了。」

「妳的房門有上鎖嗎？」

「怎麼會沒有呢？只要是外出，房門都會上鎖的呀。」

「那我去戲院跟妳拿鑰匙，再回妳房間拿錢，或者我去請鎖匠來開妳房間的門……」

「兩者都太緩不濟急了。」范苡薰獻計道：「不如妳先提妳帳戶裏的錢墊一下，我回去再還給妳吧。」

「這樣也好……」

雷伯伯住的日式平房距離他出租給游慧妤她們的公寓，不過七、八條街遠。後座的程伊玲屁股都還沒坐熱，機車就抵達目的地了。

「到啦，下車吧。」

游慧妤脫掉安全帽說。程伊玲打了個大呵欠：「這麼近啊？早知道安全帽帶就不扣了說。」

這棟日式平房所處的巷弄鬧中取靜。被四面矮圍牆所圈住的庭院，種植了幾株枝葉交纏的老樹。前圍牆的大門前劃了約十多公尺長的紅線。游慧妤按下大門電鈴，然後退回到停在紅線外的機車上坐下。

「妳這是幹麼？」

在大門前踱著小碎步的程伊玲問。游慧妤答道：「雷伯伯的手腳慢到不行，妳最好也過來車上坐著等。」

「好蠢啊，我才不要咧。」

等著等著，程伊玲開始後悔了。

「怎麼還不來啊？我的腿已經酸了。」

「才等五分鐘而已，還早咧。」

游慧妤看看手機，好整以暇。轉眼間，又過了五分鐘。

「每一根小腿靜脈都在曲張，我不行了……」

如此宣告的程伊玲翻著白眼，坐回機車後座。

「早就叫妳過來了嘛。」

程伊玲按摩小腿後，就著機車後照鏡調整假睫毛兼補妝了五分鐘，大門才「匡」地一聲被打開。

游慧妤跑了過去，將數好的鈔票交給門後的男人。

男人滿頭黑髮、虎背熊腰、雙目炯炯有神。只有近看，才能從他鬆弛的皮膚、浮腫的眼袋與臉上棕色的斑塊，辨認出他其實是個年近七十的老人。

「雷伯伯，不好意思不好意思……」

老人板著臉接過錢，沾口水將鈔票再數了數，就把門關上了。

一句話也沒說。

「好討人厭的老猴。」

忍了幾秒鐘，程伊玲皺起眉頭對著大門咒罵，被游慧妤往後拉了拉。

「噓！雷伯伯會聽見的！」

「他還在門後喔？」

程伊玲探頭探腦。

「他既然要花那麼久的時間才能從屋子裏走來開門，同理可證，他關門後走回屋子的速度也快不到哪裏去。」

「可是他看起來，不像是不良於行的人啊。」

「我也是這樣想。」

「他數錢的動作也很俐落啊。那開門開那麼久到底是在慢什麼？」

「誰知道？」

「而且妳一直跟他道歉，他也不理妳耶，真可惡。」

「還好啦。我都不氣，妳氣什麼？」

「不過就是個出租凶宅的黑心房東嘛，有什麼好跩的？」

「妳小聲一點啦！」

「雖然妳對雷伯伯頗有微詞，但我還是要為他平反一下。」聽了程伊玲與雷伯伯的「過節」後，范苡薰調整身上無袖背心的肩帶，說：「他不僅身材高大，年輕時也長得很英俊。」

「是嗎？」

「我看過他的老照片，不輸時下的男偶像喔。」

「是臉書上的照片嗎？」

「他那麼老，哪來的臉書啊？我說的是用底片沖洗出來的照片啊。」

「妳要說古董照片，我就懂了嘛。」

「而且他曾誇耀說，當他在空軍服役的期間，就算已婚多年，只要帥氣的飛官制服往身上一套，不管走到哪條街上，都是萬人迷。」

「看不出來，妳們還滿有話聊的嘛。」

「那時候的風流韻事，至今他仍津津樂道呢。」

范苡薰信手拈來，列舉了他幾個男歡女愛的例子。

很難想像，這樣的雷伯伯與上個月在家門前板著臉數錢的他，竟會是同一個人。

「他這麼花心，做太太的都不會埋怨嗎？」

「要聽實話嗎？他說他太太至死，都被蒙在鼓裡呢。」

「是喔？好悲哀啊……」

悲哀的是那位雷伯母。

「他太太是三年前過世的。」范苡薰撥弄垂到鼻頭的長瀏海說：「他們結婚了四十年。也就是說，他也前後隱瞞了他太太四十年。」

手段這麼高明？

「能隱瞞這麼久的時間，不可思議呀。」

程伊玲皺起眉頭。

「雖然他這麼說，但我猜想，也有可能是他太太其實知情，卻不點破。」

「是嗎？」

「選擇裝聾作啞，睜一隻眼閉一隻眼地維繫婚姻。老一輩的人妻，有不少都是如此呢。」

話也沒錯。

然而，不論他太太知情與否，和他這樣四十年來表裏不一的城府相比，出租名下凶宅三十年的行為，好像也就不算什麼了。

3

程伊玲步入游慧妤的房間後，關上房門。

不能不說，以女孩子家的標準而言，房間內的行頭實在是有夠陽春的。

在房門正對面的雙門小衣櫃裏，能容納的衣物連程伊玲的五分之一都不到。稀稀落落豎立在衣櫃門前的唇筆、粉餅、眼線筆、睫毛膏與身體乳液，要不就是從百貨公司專櫃兌換來的小容量贈品，要不就是從平價藥妝店撿來的便宜貨。

從小衣櫃往右看，牆上開了扇鋁門窗。

與開窗的這面牆呈九十度的兩面牆壁中，和古瑄慈房間相隔的那一面擺了張沒附抽屜的書桌，桌上的兩個皮製書擋間立著十來本教科書；和范苡薰房間相隔的那一面則擺了張廉價床墊，床墊上散置著中空棉枕、黃色海綿寶寶抱枕與橘紅色棉被。

開了房門的這面牆邊沒放任何傢俱，只在牆上貼了一張韓國男子天團的海報。

多麼乏味的房間。如果強逼程伊玲入住，她不悶死才怪。

不過也幸虧如此，程伊玲才能不費吹灰之力地在床墊與牆壁的縫隙內，尋獲好友的米色手機。

程伊玲用米色手機連上游慧妤的臉書專頁，留言道：妳的手機失而復得囉！

數秒後，失主就回了個笑臉，外加三個字：**大感恩！**

妳怎麼這麼快就回了？

我用我妹的手機。妳是在哪裏找到的？

就在妳房間內。妳到家了嗎？

早就到了。

妳爸爸如何？

謝天謝地，人醒過來了。

太好啦。

也能講話與進食啦。醫生說，他只是血糖太低了。

虛驚一場。我就說他會沒事嘛！那妳何時回來？

我媽希望我在家多待兩天。

臺北今天陰雨綿綿，南投呢？

無風又無雨，還出太陽呢。

好羨慕啊……

4

范苡薰橫躺在正對游慧妤房門的沙發上，盤起的頭髮間斜插著藍色鯊魚夾。下半身的短褲依舊，上半身的無袖背心外則添了件小外套。被她兩眼盯住的螢幕內容並不是電視上的韓劇，而是手上平板電腦的網頁。

「手機找到了嗎？」

她這樣問的時候，看也沒看步出游慧妤房間的程伊玲。

程伊玲關上房門，坐在正對電視的沙發上。電視螢幕裏的善良女主角飽受婆家欺凌後尋思報復，正口操配音後的標準國語，一步步實現她的計畫……
婆媽觀眾百看不厭的劇情。
「嗯。」程伊玲點點頭：「已經幫游慧妤放在她書桌上了。學姊妳在看什麼啊？」
「我在替妳搜尋『變』這本書的評論。」
「哦？應該不太好搜尋吧。這本書在華文書市裏，似乎沒有引起什麼關注……」
「我搜尋的是法文，而不是中文的網站。」范苡薰一心專注在網頁上頭：「但是，我的閱讀能力沒有那麼好，光是要理解一個句子的正確意思，就消磨掉不少時間。」
「那就省省力氣，別再搜尋了吧。」
況且，程伊玲醉心的往往是作品本身，而非書評。
「不行啊。我努力了那麼久，怎麼能半途而廢呢？」
每次見面時，言談間程伊玲都能領教到范苡薰不輕易退卻的個性，這次也不例外。
程伊玲張嘴舒了口氣：「好吧，既然學姊妳如此堅持……」
話說到一半，客廳的木門瞬時被推開，讓沙發上的兩個人猝不及防。
從木門外一前一後進來的是古瑄慈與她的男友蔣俊生。敢情是屋外的雨聲隆隆，蓋過了她們推開木門前，開關鐵門的聲音。
才十點半而已。比古瑄慈下午向游慧妤預告的回家時間，早了許多。
穿銀色披肩型罩衫與黑短裙的古瑄慈繃著臉孔，眼白血絲密佈。濃眉大眼的中年大叔蔣俊生一襲雅痞打扮，神情狼狽，這使得他堂堂的相貌以及有型有款的短髮失色不少。
儘管與貌似女友的程伊玲初次照面，他卻無暇搭理，也沒和范苡薰打聲招呼，就跟在古瑄慈後頭躲進了第一間房裏。

「好粗魯喔。」

程、范互換眼色後，程伊玲說。

其實，她的心跳快得不得了。因為……

看照片時還不覺得，等到看見本人時她才發現，蔣俊生長得很像那個男的。

大她十幾歲，在她國二時喜歡上的那個男的……

即使隔著房門，她還是能依稀聽見古瑄慈房內嘰嘰喳喳的對話聲，但不曉得她們在說些什麼。

「外面的雨勢好像變大了，妳要不要等雨小一點再走？」

范苡薰向程伊玲提議。反正獨居的程伊玲既沒有門禁，也沒有人在等她回家。

「都可以。我無所謂……」

半小時後，在縝密的運籌帷幄下，女主角終於成功地把婆家公司的股權一股一股地據為己有。公公失去了董事會的支持，怒不可遏地將辦公桌上的東西摔落一地，辱罵女主角的祖宗八代。而在電視螢幕外咫尺，從古瑄慈的房內，也爆出疑似砸東西的巨響。

程、范面面相覷。

隨之而來的又是嘰嘰喳喳的對話聲。有時高亢、有時低沉；有時長如連珠炮、有時簡潔扼要。

十分鐘後，對話聲戛然而止。

蔣俊生推開房門而出，看也不看悻悻然坐在床上的古瑄慈，便關上房門，向程伊玲與范苡薰道別。

「兩位同學，我先回去了。」

這一次他倒是禮數周到。范苡薰隨口問道：「今天不在這邊過夜啊？」

「今天不過夜了。」

他大步走過客廳、拉開木門而出，並關上木門。

蔣俊生閃人後，范苡薰輕輕放下平板電腦，慢悠悠地說了句：「這篇法文書評的用字，好艱澀啊。」

程伊玲則又在電視機前放空了五分鐘。愈是放空，鼻樑的不適感就愈重。可能是不常戴鏡框眼鏡的緣故。鏡片下的鼻墊不僅阻塞血流，也容易在鼻樑上留下難看的深色印痕。她取下眼鏡後放在茶几上，以右手大姆指與食指交替按摩鼻樑。

「怎麼啦？」

范苡薰問。程伊玲答道：「都是眼鏡鼻墊惹的禍。」

「太硬了是不是？我有一組日本製的鼻墊貼，要不要試試看？」

「鼻墊貼不是用來加高鼻墊用的嗎？」

「也就是像我這種塌鼻族最需要的。」范苡薰指指自己的鼻子：「鼻墊貼的材質是矽膠，比塑膠鼻墊來得軟，用起來比較舒適。」

「那就恭敬不如從命了。」

「小事一樁。」

范苡薰爽快地拿起程伊玲放在茶几上的眼鏡，起身進房。

5

驟雨不斷。

少了眼鏡而視茫茫的程伊玲什麼事也不能做，只能仰賴聽覺，百般聊賴地在沙發上乾坐。

「抱歉，新的那組鼻墊貼我怎麼找都找不到。」終於聽到范苡薰打開房門探出頭來的說話聲：「我拆我鏡框眼鏡上的那組舊的給妳好了，不介意吧？」

「不介意。」

連番的關門、開門與關門聲後，范苡薰一手握著程伊玲的眼鏡，另一手握著一小片半月形的矽膠回到客廳。

用了鼻墊貼，程伊玲戴起鏡框眼鏡來的感覺煥然一新。

被鼻墊虐待的鼻樑也頓時紓壓。程伊玲歡呼道：

「學姊，妳真是我的救星！」

「哈哈，拯救妳的是鼻墊貼，而不是我。」在平板電腦的觸控鍵盤上飛快打字的范苡薰露出兩顆門牙，猶如花栗鼠般微笑著：「ＯＫ，大功告成！」

「什麼東西大功告成啊？」

「這篇法文書評的中文翻譯。」

「妳剛剛忙了半天，就是在忙這個啊？」

「翻得不通順的地方，妳就多包涵了。我寄出去給妳囉……」

范苡薰伸指一點。程伊玲作拜倒狀：

「感恩啦！」

話說回來，屋外的雨勢非但沒有變小，反倒愈來愈猛烈。

再這樣等下去，可能更走不了啦。程伊玲心一橫穿上黑色毛領外套，決定打道回府。

「妳打電話叫計程車前，也去跟古瑄慈道別一下吧。」

范苡薰說。程伊玲欣然同意：

「OK啊。」

以前雖不算是多親密的姊妹淘，但這一個月來，程伊玲數度與古瑄慈促膝深談過，分享彼此的隱私與心事。

當然，外型上的共通點也拉近了她們的距離。程伊玲移步至古瑄慈的房門前，輕敲門道：

「古瑄慈！古瑄慈！我是程伊玲！我要回去囉。」

古瑄慈遲遲不應聲，似乎不領情。

程伊玲又敲了好幾下房門，房內還是沒動靜。她轉動門把，發現房門上鎖了。

「可能睡死囉，我看就算了……」

「可是，她昨天說過，有一件非常要緊的事，必須當面告訴妳。」

「是嗎？」

程伊琳拿出手機，按下「古瑄慈」三字的快速撥號鍵，聽到的卻是語音：

您撥的電話未開機……

她只好在古瑄慈的臉書專頁上留言道：

我在妳房間門外，請妳開門好嗎？

同樣的內容，她再傳了Line去，甚至寄到古瑄慈的三個電子郵件信箱裏。

左等右等，循各種管道傳送去的訊息均石沉大海。程伊玲愁眉苦臉，對范苡薰大搖其頭。

「不會是出了什麼事吧？」

范苡薰也擔心起來。程伊玲決定豁出去了，握拳重搥房門：

「古瑄慈！古瑄慈！快開門！」

「且慢。」范苡薰輕言制止道：「妳這樣做會吵到鄰居的。」

「那我要怎麼辦呢？萬一……」

剎那間，程伊玲胸口一緊，頭頂冒出冷汗，整個人就像中邪一樣不舒服起來。

「妳冷靜一點。在古瑄慈的房間裏，不是有一扇與前陽臺相連的窗戶嗎？」

「對呀！我這白癡，怎麼沒想到？」

程伊玲打開客廳的木門，腳上只穿著襪子就踩進前陽臺。

前陽臺外的大雨滂沱，夜空漆黑得伸手不見五指。她在牆上摸索著開關，打開前陽臺的頂燈。

「穿鞋啊！」范苡薰從沙發上站起身來：「否則妳會被陽臺裏的那堆雜物給弄傷腳的。」

「好，穿鞋穿鞋……」

程伊玲心急如焚，抓起長靴的兩手不聽使喚，怎麼套長靴都套不進腳。

范苡薰彎身蹲在她身旁，助她一臂之力。

「不可以、不可以……古瑄慈……千萬不可以、不可以……」

程伊玲喃喃自語道。范苡薰一幫她拉滿長靴側邊的拉鍊，她便踩過雜物堆，將臉湊近與古瑄慈房間相連的窗戶前。

吊死鬼的詛咒成真了。

後來程伊玲才知道，當天正是三十年前，戴秀真上吊自殺的忌日。

第五章　教室

1

「我已經沒事了。」
「真的嗎？我看妳的眼角好像還泛著淚光說……」
「那是治療結膜炎用的眼藥水，妳看錯了。」
程伊玲厲聲糾正游慧妤後取下黑框眼鏡，抽出包包內的面紙擦拭眼角，再戴回眼鏡。
除了她們兩個，教室內空無一人。
先前「早八」的兩小時必修課一結束，同學就一哄而散。她們兩個哪兒都不想去，繼續留在這間十點到十二點沒有被排課的空教室裏，撫癒五天來的衝擊與傷痛。
只是適得其反。愈是設法撫癒，兩個人的衝擊與傷痛就愈重。
恍惚間，五天前目擊到的駭人景象，彷彿又重現在程伊琳的視網膜上。

五天前的雨夜。
當在前陽臺上的程伊玲將臉湊近與第一間房相連的窗戶時，竟目擊到古瑄慈仰倒在地的身形。
儘管還穿著銀色披肩型罩衫與黑短裙的外出服，但顏面腫脹、眼球突出的古瑄慈了無生氣，再也不復她那琉璃娃娃的風采了。

程伊玲雙腿一軟，跌坐在前陽臺上。

在木門口張望的范苡薰見苗頭不對，忙上前相扶，一望向窗內亦大驚失色。尖叫後，久久不能言語。

「學姊，快……快叫救護車……」

程伊玲勉強從乾涸的喉嚨裏發聲後，范苡薰驚魂未定地搖著頭：

「可能、可能已經來不及了，還是報警吧……」

淩晨，冒雨抵達現場的警方人員中，有一位一眼就認出程伊玲，並喊出她的舊名來：「岑伊琳！妳是岑伊琳吧？」*

他穿著剪裁合宜的名牌風衣，昔日的型男風采依舊。六年前與程伊玲初遇時，他還只是一般的刑警；六年後，已晉升為偵察組的組長。

「沈組長，我已經不叫那個名字了。」

程伊玲苦著臉答道。沈組長接過她遞來的身分證後，張大了眼：

「怎麼？妳連姓氏都改啦？」

歷經三年前的那場家庭悲劇，程伊玲實在不願意再掛著「岑」這個父親的姓氏，便去戶政單位改從母姓，並在姓名學老師的指點下，將她名字的最後一個字「琳」改為較通俗的「玲」。

「嗯。」

她因不想重溫那場悲劇的細節而草草帶過。沈組長瞧出端倪，也不再追問下去。

---

*程伊玲還叫做「岑伊琳」時的過往，作者在中國《歲月推理》雜誌銀版二〇一四年三月號的〈去問貓咪吧〉短篇作品中有述及。

他戴上手套與鞋套，隨鑑識人員踏進第一間房，先行勘查起來。

在第一間房內，正對房門的那面牆邊擺了張淡黃色床單的單人床，散發出濃濃的男女體味。與床頭對角的另一面牆邊則擺了張堆滿化妝品的梳妝台，牆上裝設了循上下方向開關的雙軌推拉窗。窗框上緣的中央處有根向房內突出約三、四公分的螺絲釘。古瑄慈死時，往上關閉的窗戶由於被螺絲釘卡著而未關實，也無法上鎖。

在書桌對面的牆邊，並排著兩組門往左右方向開啟了的茶色系統衣櫃，裏頭掛滿了五顏六色的女裝。若干件男用內衣、褲，則點綴其間。

開了房門的那面牆邊也有一組白色的開放式系統衣櫃，其空間也被疊放的女用貼身衣物所佔滿。

被害人就倒臥在被單人床、書桌以及衣物量驚人的三組衣櫃所環繞的地板中，較為靠近單人床與書桌的位置。

「臉色紫青、舌尖有齒痕、頸部的勒溝邊緣可見點狀出血。她是被勒斃的吧？」

只看了屍體一眼，沈組長就憑經驗判斷。

其中一位頭戴太陽帽與口罩的鑑識人員蹲在地上點點頭：「初步研判是如此。當然，詳細的鑑定結果，還是看法醫那邊怎麼說。」

「有外來者闖入的跡象嗎？房內的指紋、腳印、鞋印、血液、毛髮什麼的，可都別放過。」

「這個我們知道。」鑑識人員用手背揉揉口罩：「不過，因為是女性住的房間，房內掉落的毛髮量不少；而遺留在傢俱上的指紋量，也夠我們忙的了。」

「有找到兇器嗎？比如說繩索之類的長條狀物？」

「這個嘛，房內也好、屋內也好，都沒有找到類似的物品……」

「確定嗎？」沈組長在房內東張西望：「雖然也不乏兇器被兇手帶走的先例，但你們要不要再找找？」

「不過，在前陽臺的雜物堆中，我們倒找到了一捆做工用的粗麻繩。」

鑑識人員指指窗外。沈組長急問道：「與被害人脖子上的勒溝吻合嗎？」

「這個，得把粗麻繩拿回去比對才行。」

古瑄慈的屍體被運走後，沈組長閃身步出房門，四處轉來轉去，把這間屋內的格局檢視了一遍。

前陽臺、客廳、餐廳、廚房、廁所，以及三個房間的出入口……

在第一間房裏，有一扇房門，以及那扇上下開關的雙軌推拉窗；在第二間房裏，有一扇房門與一扇左右開關的雙軌推拉窗，窗外上頭有排雨遮；在第三間房裏，只有一扇房門，沒有任何窗戶。

屋內所有的窗戶外頭與前陽臺如出一轍，都沒有架設鐵窗。

沈組長用手敲擊，發現隔開第二間與第三間房的不是水泥牆，而是刷上白漆的木板。

很顯然地，這是房東為了多賺一份租金，而將一房隔成兩房後所造成的。隔間後，原有的窗戶被分給了第二間房，第三間房便無法流通屋外的新鮮空氣了。

鑑識人員為物證採集與拍照的工作已漸入尾聲。

沈組長重返客廳時，屁股只坐在沙發前緣的程伊玲與范苡薰就主動站起身來。沈組長用手勢請她們坐回沙發，然後又與程伊玲寒暄道：「上回見到妳時，是在妳那位養貓的網友身亡的現場，對不對？那時候，妳才唸國中咧。」

「是啊。」

「怎麼樣？妳跟那隻貓咪相處得還好吧？」

「不太好。」程伊玲垮下臉來：「我養了牠沒多久，牠就抓傷我的眼睛，逃之夭夭了。」

「怎麼有這種事啊？」

「誰知道？去問那隻貓咪吧！」

歲月如梭、物換星移。六年來發生了很多事，程伊玲少女時代的鬼靈精個性因而內斂不少，再次面對沈組長時的態度，也沉著許多。

察覺到她這種轉變後，沈組長便不再廢話，切入正題問道：「妳住在這裏嗎？」

「這是我同班同學租的房子。」程伊玲字正腔圓地說：「我是來作客的，不住這裏。」

「妳同班同學是？」

沈組長問出游慧妤的名字後，再指著正被多名刑警與鑑識人員佔據的第一間房：「妳那位游慧妤同學，不會是住在這一間房裏吧？」

「不是。」程伊玲指向第二間房的房門：「她住那一間。」

沈組長繼續指著第一間房：「那麼住這一間的房客，就是被害人囉？」

「是的。她是我們學校傳播管理系二年級的古瑄慈。」

沈組長又指著第三間房的方向：「那一間的房客是？」

被他注視著的范苡薰緩慢地舉起手來：「是我。」

沈組長記下三位房客的基本資料後，問道：「妳們兩位是誰先發現古瑄慈的？」

「是我。」程伊玲說。

「是幾點鐘發現的，答得出來嗎？」

「這個……」程伊玲憑印象答道：「大約是十一點半左右。」

「發現後，妳們第一時間就報案了？」

「第一時間就報案了。」

程伊玲與范苡薰再一先一後，將昨天晚上九點鐘起，她們在這間屋子裏的所見所聞和盤托出。

沈組長聽後，只再問了兩個問題：

「昨晚十點半蔣俊生與古瑄慈進屋，以及十一點十分蔣俊生離開屋子時，妳們都沒有聽到開關鐵門的聲響嗎？」

「是的。」程伊玲答道：「我想是因為前陽臺上的鐵門距客廳較遠，而且昨晚的雨聲太吵雜的緣故。」

「報案後，妳們有移動過她，或是現場裏的什麼東西嗎？」

「怎麼可能？我們怕都怕死了……」程伊玲不顧范苡薰攔阻，脫口說出：「你知道嗎？殺害古瑄慈的兇嫌，並不是人類。」

兇嫌不是人類？

警務工作經年，練就出沈組長見怪不怪的膽識。他抬了抬額頭：「怎麼回事？妳說來聽聽。」

程伊玲喝了口另一位刑警送來的熱茶後，便鉅細靡遺地交待出她調查「本校學姊的吊死鬼詛咒」的前因後果。

從彭威愷、新聞系班對、小麥克、鍾立明到韓靜玟，從口耳相傳、網路論壇與部落格到親身經歷……

黑窩、壞黑窩，否則就勒死妳！

沈組長聽後，半信半疑。

「妳的看法呢？」

他問范苡薰。范苡薰一副「既然程伊玲都這麼說了，我也不用再顧忌了」的態度：

「憑良心講，我也覺得不無可能。」

「是嗎……」

不論是沈組長自己還是他的同仁，或多或少都有與靈界的好兄弟間接乃至直接打過交道的經驗。最常見的例子，就是憑藉死者對家屬託夢，而使得遍尋不著的埋屍處、兇器或真兇的身分水落石出。

凡事皆有可能，因此沈組長他從不鐵齒。

但是，他也比現場的任何人都清楚，身為警方的一份子，並不能隨便用怪力亂神的觀點結案。

「如果要寄望用所謂『吊死鬼的詛咒』來說服長官，身為偵查組組長的我，可是要傷透腦筋啦。」

沈組長自嘲。然而，程伊玲可不管那麼多。

「你不傷透腦筋也不行。因為我確信，古瑄慈她就是死於吊死鬼之手。」

2

「古瑄慈她就是死於吊死鬼之手。」教室裏的程伊玲兩眼發直，像著了魔般重覆：「五天前，我是這樣主張；五天後，我還是這樣主張。」

「唉，就算給妳說中，也於事無補了。」

有氣無力的游慧妤，突然被程伊玲緊握粉拳搥桌的氣勢震懾住。

「可惡！」

「冷靜一點，妳的手會受傷的。何必跟鬼魂過不去呢？」

「我不是在氣那個吊死鬼，是在氣我自己。明明我就有機會可以救古瑄慈的！」

「妳忘了嗎？是她自己不願意聽妳講下去！是她自己要放棄機會的！妳一直自責，既不能令她死而復生，對妳也不盡公平。」

游慧妤的見解中肯，連情緒激昂的程伊玲都不能不對她刮目相看。

古瑄慈她並不好約。

一方面不能妨礙白天她與蔣俊生出遊，另一方面又要錯開晚上她們在房間溫存的時間。所以與韓靜玟訪談結束後的一個月來，程伊玲只有在古瑄慈僅有的兩次獨處的夜晚裏去她房間找過她。

這兩次談話的經驗都半斤八兩。首先，古瑄慈穿小可愛來應門時的神情俱是又驚又喜：

「咦？怎麼是妳？來找游慧妤的嗎？」

「不是。」程伊玲不拐彎抹角：「我是專程來找妳的。」

「我有這個榮幸喔？」古瑄慈深擠臥蠶，嘟起嘴角，露出頑皮的笑容：「要喝點什麼嗎？」

「不用了。」程伊玲有頻尿的毛病，故飲料或水都喝得少。

「還是喝點什麼吧？」古瑄慈手扶房門框，歪著頭問：「我有可爾必思、雪碧跟蘋果西打。妳要哪一樣？」

程伊玲不好再推辭，便任選了可爾必思。

古瑄慈去廚房冰箱拿了兩罐罐裝可爾必思與兩根彎曲吸管後回房。她關上房門，請程伊玲在床邊上坐，遞上一人份的可爾必思與吸管，自己則盤膝坐在地板上。

扯掉鋁罐拉環、插入吸管連吸了一分鐘後，古瑄慈才用手抹抹嘴問道：「找我有什麼事嗎？」

碰也沒碰自己那罐可爾必思的程伊玲再度單刀直入：「我是想來勸妳的。」

此言既出，洋溢在古瑄慈臉上的光彩剎時一空。

她沉寂久久，才問道：

「是游慧妤叫妳來勸我的嗎？」

第二次談話時，古瑄慈問的是「這次是游慧妤叫妳來勸我的嗎？」

「不是，是我自己要來的。」

古瑄慈放下鋁罐，猶如洩了氣的皮球，無精打采地盯著地板。幾分鐘前的活靈活現，彷彿全是演出來的。

「妳要來勸我？」她虛弱地說：「妳要來勸我什麼呢？」

臉上的痘痘晶瑩剔透，已經熟到可以擠破的階段了。如果再讓她繼續住下去，繼續住在這個鬧鬼的房間裏，代價可就不只是這樣輕微破相了。

程伊玲苦勸道：「我知道三個月來，這房間對妳的意義有多珍貴，可是……」

「慢著。」古瑄慈揚手阻止：「妳要說之前，先聽我說。」

「妳說。」

「我問妳，妳現在有男朋友嗎？」

「現在沒有。」

「現在沒有啊？可是，妳以前一定有交過吧？」

「有。」

不過，都是些大爛貨。

「在妳交往過的男朋友中，有已婚的嗎？」
「沒有。」
程伊玲的前男友都是和她歲數相仿的年輕人，當然不可能已婚。
古瑄慈又問：
「在妳交過的男朋友中，有人決定在和妳交往時，已經有女朋友的嗎？」
「也沒有。」
「所以，妳從來沒有像我這樣，當過人家的小三？」
「從來沒有。」
「既然如此，那妳怎麼可能體會我的感受呢？」古瑄慈杏眼圓睜：「既然如此，妳又有什麼立場來勸我呢？」
「我是要勸妳……」
「妳可能不知道吧？我這陣子諸事不順，衰到一個爆炸，煩都快煩死了。」
想當然爾，這是夜夜被鬼纏身的下場。
古瑄慈又哀訴道：「我現在不只是一個頭兩個大，而是一個頭兩百個大。所以啊，我自己的事都已經搞不定了。就拜託妳別再勸我什麼啦。」
「……」
「除非，妳現在不再囉唆，好好跟我乾完這罐可爾必思，可能還會讓我好過一點。」
「是嗎？」
「如何？」

活靈活現的表情又重回古瑄慈的臉上。程伊玲也被她逗開了：「乾就乾。怕妳啊？」
「不怕就乾杯！」
「乾杯！」
程伊玲拉開她自己那罐可爾必思的拉環，與古瑄慈互碰鋁罐後，仰頭一飲而盡。
碳酸飲料灌下肚，兩人強忍不住，都打了個飽嗝。
「有一個疑問，在我心裏已經憋很久了。」程伊玲說：「妳為什麼要跟一個中年大叔交往呢？」
「為什麼這麼問？」
「中年大叔不是都很無趣嗎？」
古瑄慈將鵝蛋臉左歪右歪，眼珠子溜來溜去地。
「無趣是有點無趣。可是，他們的心智成熟，不像我們這種年紀的男生那麼幼稚。」
「幼稚」二字，喚醒程伊玲對歷任男友的記憶。
「而且他們的人生經驗豐富、懂得多，能幫我們的也多。」
不像程伊玲的歷任男友，日常生活都要靠她打點。
「重點是他們有錢。像一起出去吃飯時，吃得就比較好。」
要程伊玲的歷任男友請客時，永遠都是鹽酥雞、香雞排、珍珠奶茶等小吃而已，最貴就只到兩百多塊價位的夜市牛排、義大利麵與鐵板燒了。
程伊玲回憶起國二時單戀過的那位中年大叔後，幻想著……
或許哪一天也可以換換口味，跟這樣年紀的男人來上一段試試看。

3

就這樣，連著兩次勸古瑄慈搬家的任務都無功而返。

程伊玲懊惱之餘，只能跑去敲范苡薰的房門，從她房內充實的書櫃中尋求慰藉。

四面牆邊除了一面擺床外，其他三面都是開架式書櫃。按照西洋文學、日本文學、華文文學、詩歌、戲劇、電影、古典音樂、繪畫、舞蹈、漫畫等類別，將相同作者的著作排列在一起。

「這還只是我全部藏書的四分之一呢。」穿無袖背心與短褲的范苡薰自豪地說：「剩下的四分之三，都躺在我苗栗的老家裏。」

有趣的是，她的房內有台舊電視，卻沒有書桌。

「我都習慣在床上看書。」她說。

程伊玲目不轉睛地瀏覽著一本又一本的書背。她的自有書量雖也傲人，卻不如范苡薰的範圍廣泛。例如詩集，就是她從不碰觸的。

只能說她對一句一行的詩歌式文字沒有慧根吧。此外，舞蹈也是與她絕緣的藝術形式。

「妳的房內也沒有梳妝台呢。」

「我也習慣在床上化妝。」

語畢，范苡薰屈身從西洋文學類的書籍區抽出那本程伊玲正在閱讀中的小說「變」來。

書皮素雅，是海峽對岸印行的簡體字版本。

翻開封面內頁，有一行范苡薰書寫的秀麗字體，註明她從網路書店購買該書的時間：二零一四年十月四日

封底內頁則註明她閱畢全書的時間：二零一四年十一月二十一日

換言之，她只花了一個月的時間，就趕在去年結束前K完這本Butor的成名作。

「那時候我比較忙，沒空讀法文原版，所以才選買中譯本。」范苡薰解釋：「妳現在在閱讀的，也是這個版本吧？」

「當然囉。我就算再閒，也讀不來法文原版。」程伊玲將身上帽T的帽子在頭上套上套下：「不過，我看得斷斷續續地，進度很慢。」

「為什麼？不好看嗎？」

「有一種在翻閱流水帳的感覺。」程伊玲實話實說：「一下子誰又拉開火車車窗了、一下子誰又從火車座位上醒過來了、一下子又有誰走進火車車廂了，再穿插男主角與女人的往事，整體上似乎沒什麼重點。」

范苡薰眨眨眼，露齒而笑。

「妳不覺得，用這種再日常不過的白描形式，去鋪陳一男兩女這種反常的情節，別有一番風味嗎？」

「哦？」能這麼詮釋，出人意表。

「以日常來突顯反常，正是法國新小說慣用的技法。而且結尾時，男主角在太太與情婦之間所做出的抉擇，也相當耐人尋味呢。」

這讓程伊玲想到古瑄慈的處境。

「學姊，妳現在有男朋友嗎？」

「現在？沒有。」

「可是，妳以前一定有交過吧？」

「以前有。」

「在妳交過的男朋友中，有已婚的嗎？或是有人決定在和妳交往時，已經有女朋友的嗎？」

程伊玲重覆古瑄慈的提問。范苡薰面露難色：「為什麼這麼問？」

「因為我想知道，如果妳是書中的情婦，也就是現實世界中的小三，妳會如何走下一步呢？」

范苡薰歪著臉龐，垂目注視地板後所展露出的嬌羞笑容，與她的強硬回答毫不搭軋：

「我只能說，世上沒有任何一個女人，會真心誠意與別的女人共用她所愛的男人。沒有任何一個女人！」

程伊玲再同意不過了。

「至於妳的問題，下次妳再來的時候，我幫妳在網路上找一找這本書的書評，或許就能為妳解惑了。」

范苡薰向程伊玲許諾道。

4

叮咚！

發送到手機裏來的新訊息，將還杵在空教室中冥想的程伊玲硬生生喚醒。

「是誰啊？」

游慧妤問道。程伊玲看手機看了很久，才懶洋洋地回答：

「是那位沈組長。他用即時通訊軟體，將古瑄慈一案的鑑識結果與偵辦進度轉發給我。」

「轉發給妳？他為什麼會願意轉發給妳？」
「是我向他請求的。」
「妳向他請求，他就答應妳喔？妳是警政署長啊？我知道了，他一定是對妳有好感！」
「屁啦。」
「如果他要求跟妳交往，妳也會答應他嗎？」
「妳扯到哪兒去了？」
「他那麼有型，我看，妳一定會答應他的……」
「一定個頭啦！這封訊息，妳是要看還是不要看啦？」

除了顏面腫脹、臉色紫青、眼球突出、舌尖上有齒痕、頸部的勒溝邊緣可見點狀出血外，古瑄慈的四肢尚留有掙扎所導致的擦傷，其死因確為頸部遭長條狀物纏繞後的機械性窒息。

在她的指甲內，並沒有被發現到任何材質的纖維，或是外來的膚質組織與毛髮。遺體也沒有被移動過的跡象。她所陳屍的房內，就是命案的第一現場。

對照她後腦處的挫傷與在房內梳妝台一角所採集到的毛髮與膚質組織，研判她是在床鋪與梳妝台一帶被勒斃，身體在往地上倒臥的過程中，後腦擦擊到梳妝台所致。

程伊玲與范苡薰兩人的證詞，將古瑄慈的死亡時間限縮在當晚蔣俊生離開的十一點十分，至她被發現死亡的十一點半之間。

真正讓程伊玲與游慧妤跌破眼鏡的是屍體的解剖結果。在古瑄慈的子宮內有一個三個多月大的小生命，也隨之胎死腹中。

她那些礙眼的痘痘，正是孕婦的症狀之一。

經比對後，放在前陽臺上的粗麻繩與古瑄慈頸部的勒溝寬度並不相符，而且在粗麻繩上，也找不到古瑄慈的膚質組織。

兇器另有其物。然而經警方在公寓內外搜索後，兇器並沒有被發現到。

當程伊玲從手機螢幕前抬起頭，發現貼在她耳邊與她一同閱讀訊息的已不再是游慧妤時，失聲叫道：

「夭壽啊！彭威愷，你是想把我給活活嚇死啊？」

5

彭威愷面不改色地擠在程伊玲與游慧妤中間的位子坐下。

「甜心學妹，妳戴起鏡框眼鏡來也很迷人喔。要不要跟我打個賭啊？」

「誰要跟你打賭啊？」程伊玲怒氣沖沖：「你還沒招供咧，你是什麼時候潛伏在我身邊的？」

彭威愷拉扯著身上已經有點發黃的黑夾克與卡其長褲，自說自話：「殺害古瑄慈的真兇，絕對不是妳所說的吊死鬼。」

「這你就錯啦，大錯特錯！真兇絕對就是吊死鬼！」

「妳憑什麼這麼肯定呢？」彭威愷晃起他的花椰菜頭：「妳起乩了嗎？還是妳會通靈？」

「你也太瞧不起人了吧？」程伊玲揍了彭威愷肩膀一拳：「我不是信口開河，而是憑邏輯推理的！」

「是嗎？妳推理給我聽聽……」

「一九八五年十二月四日，為情所困的戴秀真學姊在她租來的房間裏以跳繩上吊自殺後，迄今一共有二十個人住過那個房間。在這二十人中，只有江祐蕾、李尚蓉、陳凱齡、韓靜玟學姊與古瑄慈五個人有遇見過吊死鬼的經歷……」

「甜心學妹，妳講的這些東西，不都在我叔叔的調查報告裏嗎？」

「只有她們五個人有遇見過吊死鬼的經歷，其他六名女房客與九名男房客則沒事。」程伊玲看看游慧妤，再看看彭威愷：「你們誰能告訴我，為什麼？」

「為什麼？」彭威愷反問。

「是啊，為什麼？吊死鬼為什麼專找她們五個呢？」

「可能……」游慧妤咬著舌頭猜道：「比起負心的男人，吊死鬼更怨恨女人吧？」

程伊玲對她搖搖食指：

「不對！如果是這樣的話，那麼吊死鬼又何必要放過另外那六名女房客呢？」

「這……」

「你們不妨用腦子想一想，江祐蕾學姊她們五個人是基於什麼共通點，而成為吊死鬼的目標？」

「都是女性？」

「廢話。這不又回到我剛剛的問題了？如果吊死鬼的目標是女性，她為什麼要放過另外那六名女房客呢？」

「我知道了！」屢猜屢錯的游慧妤不氣餒：「她們都是本校學生！」

「妳搞屁啊？另外那六名女房客也是好不好？」

程伊玲向游慧妤比出個拉弓射箭的手勢後，游慧妤佯裝中箭倒下：「她們都是同學院的？還是同系的？」

「江祐蕾學姊是法律系、李尚蓉學姊是日語系、陳凱齡學姊是土地資源系、韓靜玟學姊是企管系、古瑄慈是傳播管理系。」

「都不是啊……好難喔，為什麼咧？」游慧妤嘖了嘖：「吊死鬼為什麼會專找她們五個人呢？」

「因為……」

程伊玲話說到一半，就被彭威愷搶了過去：「她們五個人，當時都有小孩相伴。」

程伊玲不敢置信，在彭威愷那令人噴飯的花椰菜頭裏，也是有裝腦袋的。

「小孩？」

答案都已經被揭曉了，慢半拍的游慧妤還是懵懵懂懂，被程伊玲輕敲了一下頭。

「游小姐。江祐蕾學姊遇見吊死鬼的時間是一九八七年十月，當時她是個孕婦。第二年一月，她就去墮胎了，還記得嗎？」

「這種八卦，我怎麼可能不記得？」

「墮完胎後的一個月，她就搬走了。」程伊玲繼續說道：「李尚蓉學姊遇見吊死鬼的時間是一九九一年二月。六月份，她與同居男友搬離那個房間。十一月，她與同居男友的小孩出生。算算日子，二月份時，她也是有孕在身。」

「咦？真的耶，妳不說我還沒發現……」

「陳凱齡學姊遇見吊死鬼的時間是二零零三年四月，當時是她被性侵後一個月。七月份，她去醫院做人工引產……」

「而古瑄慈過世時有三個月的身孕，回推她遇見吊死鬼時，肚子裏也有寶寶。」茅塞頓開的游慧妤聒噪起來：「我明白了、我明白了！那個房間的女房客一當上準媽媽，便會遭殃……」

「也不盡然。韓靜玟學姊遇見吊死鬼時，就沒有懷孕。」

「咦？對喔！」

「但那天晚上，她跟她認養的小男孩小傑在那個房間共度了一夜。第二天小傑回到育幼院，直到一年五個月後她搬離那個房間為止，吊死鬼都再也沒來騷擾過她。」

「這也就是說……」

「這也就是說，與其說吊死鬼的目標是孕婦，還不如說她的目標是小孩。」

「可是，戴秀真學姊自殺的時候，自己不是也懷了小孩嗎？」

「就是因為她自己的小孩被她帶到陰間時沒能成形，她才覬覦著別人的小孩啊。」

「是這樣喔？」

「當懷孕的女房客墮胎、搬家，或者帶來過夜的小孩離開後，吊死鬼就不會再來騷擾了。如果像李尚蓉學姊這樣遲遲不墮胎又不搬家，吊死鬼恐嚇的口氣就會愈來愈兇狠。」

「甚至李尚蓉學姊醒過來後照鏡子一看，還會發現脖子紅紅緊緊的，而且殘留著被繩索之類的東西勒過的痕跡……」

「沒有錯。而且，那句教人費解的謎語，也被我解開了！」

程伊玲傲然道。游慧妤又傻了眼：「什麼謎語？」

「就是她們五個人都聽到的那句『黑窩、黑窩、壞黑窩』。」

「妳解開了？那是什麼意思？」

「人在上吊身亡時，舌頭會由於頸部受到繩索擠壓，而從口中伸吐出。」程伊玲說：「所以戴秀真學姊變成吊死鬼後，舌頭不太靈活，講起來話口齒有些不清。」

「那句『黑窩、黑窩、壞黑窩』……」

「其實大舌頭的吊死鬼要說的是：『給我、給我、快給我。』」

「『給我、給我、快給我』？」

「她是在向江祐蕾學姊她們五個人要她們的小孩！」

小孩給我、給我、快給我，否則就勒死妳！

「原來如此啊……」

游慧妤豁然開朗。

「再來，警方並沒有在案發現場找到勒死古瑄慈的兇器，為什麼？」

「是啊，為什麼呢？」

「因為，兇器就是戴秀真學姊當年用來上吊、死後纏繞在吊死鬼脖子上的跳繩。」程伊玲愈講愈志得意滿：「吊死鬼行兇後，跳繩也跟著她回到另一個世界去了，警方自然找不到啦！」

「是喔……」

「最後一點：古瑄慈身亡當天，正巧是戴秀真自殺的三十週年忌日。你們說，這不就代表冥冥之中，兩件事是有所關聯的嗎？」

「沒有錯！」

「怎麼樣？我的推理，是不是無懈可擊？」

「太佩服啦！」

然而，彭威愷就沒像對程伊玲翹起大姆指的游慧妤那麼捧場了：「很抱歉。甜心學妹，好像並不是這樣喔。」

「你說什麼？彭先生，再說一遍！」

即使程伊玲震怒，彭威愷還是不留情面。

「當然，妳的推理還是有可取之處。比方說，妳歸納出江祐蕾、李尚蓉、陳凱齡、韓靜玟四位學姊與古瑄慈在遇見吊死鬼時都有小孩相伴的共通點，這就很有才。」

「你就別再假惺惺充好人了。有話快說，有屁快放！」

「能夠解開那句『黑窩、黑窩、壞黑窩』的謎語，更是經典。」彭威愷側身閃過程伊玲踢來的右腳：「雖然不知道答案是否正確，但妳也可以算得上是解謎達人啦！」

「什麼叫『不知道答案是否正確』？你給我放尊重一點！」

「而古瑄慈與戴秀真在同一天往生，的確是巧上加巧。不過，在妳的推理中，有一個地方我始終想不通。」

「講！」

「在本案之前，其實並沒有真的出過人命，這點妳不能否認吧？」

「沒有出過人命……」

「江祐蕾、李尚蓉、陳凱齡、韓靜玟四位學姊儘管飽受驚嚇，但並沒有任何人因此被吊死鬼奪走性命，對不對？」

「嗯……對。」

「吊死鬼有長達三十年的時間盡情使壞，卻不曾害死過一個人。所以我認為，她就算狠話講盡，也只是在虛張聲勢而已。基本上，她是沒有心存什麼惡念的。」
「你現在是站在吊死鬼那邊，在幫她拉票就對了？」
「因此，同樣有小孩相伴，何以吊死鬼饒那四人不死，卻偏偏要古瑄慈的命呢？」
好問題。程伊玲思量道：「那是因為除了韓靜玟學姊只是帶小孩來房間過了一夜，情節輕微外，其他三個人不是去墮了胎，就是搬家落跑了。要不然，她們也難逃一死……」
「這也講不通啊。」彭威愷比手畫腳地：「以李尚蓉學姊為例。她懷孕後，又在那個房間住了五個多月，雖然有遭到吊死鬼愈來愈兇狠的恐嚇，但她還是活得好好地，不是嗎？」
「……」
「為什麼古瑄慈才懷孕三個多月，吊死鬼就對她失去耐性了呢？」
「這……」
「吊死鬼有什麼理由，非要古瑄慈死不可嗎？」
「這還不簡單嗎？」程伊玲堅不認輸：「因為吊死鬼要小孩要了三十年都沒要到，再有耐性，也都被磨光了嘛。」
「是這樣嗎？」
「當然是這樣囉！」
「甜心學妹。」彭威愷話鋒一轉：「比起吊死鬼，妳不覺得蔣俊生這個人更可疑嗎？」
「古瑄慈的男朋友？」
「他有充分的行兇動機呢。」
「為什麼？」

「甜心學妹，一個懷了孕的外遇對象，對有妻有子的他而言，豈不是個麻煩？」

「麻煩？」

「小三一旦有了愛的結晶，還不逮到機會大吵大鬧、漫天要價、獅子大開口？」

「你這樣講也太毒舌了。」

「如果古瑄慈一死，他不就無事一身輕了嗎？」

一言驚醒夢中人。

這一個月來，程伊玲訪查『本校學姊的吊死鬼詛咒』日久，受各個受訪者的說法牽引而深深沉浸在這個靈異的傳聞裏，竟沒料想到彭威愷所說的這一層。

古瑄慈懷孕後，她與蔣俊生的關係勢必進入新的階段。

要不要生下小孩、小孩的認祖歸宗以及如何養育等問題迫在眉睫，很可能促使兩個人的情愫變調。

有了小孩，古瑄慈還會甘於繼續當小三嗎？

她會不會得寸進尺呢？

如果會，蔣俊生要怎麼見招拆招呢？

誠如彭威愷所言，程伊玲愈想下去，蔣俊生就愈顯得可疑；相對地，她的「吊死鬼兇嫌說」也愈是動搖。

況且案發當晚，蔣俊生也不是沒有下手行兇的機會……

程伊玲左思右想。不過，為了捍衛自己的推理，程伊玲不能不嘴硬下去：「再怎麼說，吊死鬼殺害古瑄慈的嫌疑應該還是最大的啦！」

「是嗎？甜心學妹，我們就拭目以待囉。」

第六章　公寓

1

聖誕節前整整一週。

程伊玲在學校收到沈組長發送來的第二封訊息後，晚間七點半，她便偕同彭威愷前往游慧妤的住處。

一走近十三號四樓的鐵門，彭威愷的牙齒就上下打顫：「為什麼？為什麼我們要約在這種又是有人自殺、又是鬧鬼、又是發生命案的地方呢？」

「膽小鬼，這樣才有臨場感啊！」

「可是，我怕回去會帶衰……」

「住在這邊的游慧妤都不怕了，你這麼大隻怕什麼？」

「這……」

「再說，你能被我約來，是你三生有幸耶！」

「是也沒錯啦……」

「那就乖乖閉上嘴！」

程伊玲訓斥彭威愷後按下電鈴。來開門的游慧妤音調做作：「歡迎、歡迎光臨……」

「游小姐！」程伊玲眼珠子都快掉到地上了：「妳身上掛滿的那些十字架、符咒與念珠是怎麼回事？」

「保平安啊。」游慧妤說：「這種鬼地方，要不是違約會被雷伯伯沒收三個月押金，我早就搬走了。」

「輸給妳了！妳的房門鎖修好了嗎？」

「修好了。我可不想也被勒死啊！」

「甜心學妹。」彭威愷火上加油：「妳看，不是只有我在怕而已……」

「你少囉嗦！」

古瑄慈房門外的警方封鎖線已被撤除。

晚歸慣了的范苡薰依舊不在。於是，三個人聚在客廳的沙發上，輪流細讀著沈組長的第二封訊息，並討論案情。

首先，七個工作天的ＤＮＡ鑑定結果，驗明古瑄慈腹中的胎兒確是蔣俊生的骨肉。

其次，鑑識人員在古瑄慈房內所採集到的指紋與毛髮，屬古瑄慈與蔣俊生兩人所有。

房內既無可疑的腳印或鞋印，門窗上亦無遭強行破壞的痕跡。

而散落在屋內的各種微物證據，亦不出古瑄慈、蔣俊生、游慧妤、范苡薰與程伊玲五人之間。至於在前陽臺上留下的鞋印，已經被當晚潑進去的雨破壞得難以辨識。

同樣地，在這些地方的門窗上也沒有遭強行破壞的痕跡。這意味著由陌生外來者犯案的機率，微乎其微。

因此，用消去法一一刪掉案發當晚在現場的人，真兇即呼之欲出。

游慧妤的不在場證明，已藉由車站監視器畫面、乘車記錄、南投老家鄰居的人證等，率先被警方證實。

「不要懷疑，我是無辜的！我是無辜的！」

一身七彩T恤的游慧妤活像隻金剛鸚鵡般地自清。程伊玲搶白道：「雖然我跟范苡薰學姊人在現場，還是可以互為彼此的清白作證……」

她在自己上的手機上列出一份案發當晚現場的事件時間表，傳給大家看。

八點五十分	范苡薰進屋。
八點五十分～九點整	范苡薰洗頭、洗澡。
九點整	程伊玲進屋。
九點五分～十分	程伊玲進入游慧妤的房間幫忙找手機。
九點十分～十點三十分	程伊玲與范苡薰在客廳裏看電視與上網。
十點三十分	古瑄慈與蔣俊生進屋，直入古瑄慈的房間。
十點三十分～十一點整	古瑄慈的房間傳出對話聲。
十一點整	古瑄慈的房間發出砸東西的巨響。
十一點整～十分	古瑄慈的房間繼續傳出對話聲。
十一點十分	蔣俊生離開古瑄慈的房間，走過客廳，拉開木門而出，並關上木門。
十一點十五分～二十五分	范苡薰離開客廳，進入自己的房間幫程伊玲找鼻墊貼。
十一點二十五分	范苡薰離開自己的房間，進入客廳。

十一點三十分

程伊玲發現古瑄慈的房門上鎖後，與范苡薰進入前陽臺，目擊古瑄慈在房內的屍體。

「看到了嗎？我人都在客廳；而范苡薰學姊人不是在客廳，就是在她自己的房間裏。」程伊玲對游慧妤耀武揚威：「我們既沒有打開古瑄慈的房門進去，也沒有接近過古瑄慈房內的窗戶，兩個都不可能殺害古瑄慈的啦。」

「甜心學妹當然不可能是兇手啦。」彭威愷偏頭朝第一間房的房門看了看後，怯生生地說：「可是從這張表來看，十一點十分蔣俊生離開這裏後，甜心學妹一直在客廳，古瑄慈一直在自己房內，唯一有在這屋內走動的，就只有范苡薰一個人了。」

「你好大的狗膽，竟敢懷疑學姊？」

程伊玲惡狠狠的嗆聲，並未嚇跑彭威愷。

「我剛在樓下時，看見這棟舊公寓每層樓的外牆上，都有一條突出物。」

「突出物？那是什麼東東？」程伊玲啐了一口：「麻煩講國語好嗎？」

「游慧妤學妹，妳知道我在講什麼嗎？」

彭威愷轉問游慧妤。她搖搖頭：「我也不知道。」

彭威愷得到游慧妤准許，領著兩位學妹進入游慧妤的房間後，請她們從那扇左右開關的窗戶探出頭去。

「在窗外下方約一公尺處的外牆上，有一排環繞著整棟公寓的水泥突出物，上面還垂著一條從客廳的電視分接到范苡薰房間的電視，俗稱cable的黑色電纜線，妳們有看到嗎？」

彭威愷的聲音在她們身後響起。游慧妤詫異不已：「真的有這排突出物耶……我以前都沒發現到。」

「突出物的寬度超過十公分，足夠讓人在上面行走，並通往前陽臺了。」彭威愷說話前小心斟酌字句，以免再被程伊玲嗆聲：「所以，案發當晚的十一點十五分，當范苡薰進入她房內幫甜心學妹找鼻墊貼的時候，有沒有可能，我是說有沒有可能而已啦，從她房間的窗戶攀出，沿著這條突出物進入前陽臺，趁機接近連接古瑄慈房間的窗戶呢？」

程伊玲轉頭面向彭威愷，冷言以對。

「絕……對……不……可……能。」

「甜心學妹，妳那麼有把握？」

「因為，范苡薰學姊的房間裏，根本就沒有窗戶！」聽見用鑰匙開客廳木門聲的程伊玲揚聲喊道：「妳說對不對？范苡薰學姊。」

推開木門時的范苡薰如入五里霧中：「什麼對不對？」

瞭解完狀況後，范苡薰不動聲色地步離客廳，用鑰匙打開自己的房門後，邀請彭威愷入內。

「你自己看，我的房間內，並沒有窗戶。」

相對於范苡薰的落落大方，彭威愷臉上一陣青一陣白，倉皇退出她的房間。

程伊玲從後跟了過來：「怎麼樣，大偵探？我跟學姊的嫌疑都洗清了吧？」

「歹勢，是我太猖狂了。」彭威愷抓抓花椰菜頭：「既然妳們兩位都沒有嫌疑，那就只剩下蔣俊生一個人啦。」

沈組長也在訊息的第三部分節錄了一段案發後警方的約談記錄，暴露出蔣俊生這位死者男友在本案中的重重疑點。

警方：「你跟古瑄慈交往多久了？」

蔣俊生：「……三個多月而已。」

警方：「你們什麼時候開始交往的？」

蔣俊生：「今年八月，八月中。」

警方：「一直都沒讓你太太知道嗎？」

蔣俊生：「是的。不過，現在出了人命，再瞞也瞞不下去了……」

警方：「你跟古瑄慈多久見面一次？」

蔣俊生：「不一定。」

警方：「怎麼說？」

蔣俊生：「有時一個禮拜連見七天；有時兩、三個禮拜都沒見面。」

警方：「為什麼這麼不固定？」

蔣俊生：「……因為，要視我太太的工作狀況而定。」

警方：「什麼樣的工作狀況？」

蔣俊生：「……就是，她出差的頻率。」

警方：「瞭解。你太太出差在外的時候，你才能出來偷情就對了？」

蔣俊生：「……嗯。」

警方：「你跟古瑄慈見面的時候，都做些什麼呢？」

蔣俊生：「這跟本案無關吧？」

警方：「有沒有關聯，由我們來判斷。」

蔣俊生：「……就是做一般情侶會做的事情，沒什麼特別的。」

警方：「吃飯、逛街、看電影、做愛做的事？」

蔣俊生：「你說的都有啦。」

警方：「案發當天，你的行蹤呢？」

蔣俊生：「我睡到上午十一點鐘。在家吃完中飯後，大約下午兩點開車去古瑄慈那邊，在她房間裏待到六點……」

警方：「案發當天是星期五。你不用上班嗎？還是向公司請假？」

蔣俊生：「我目前沒在上班。」

警方：「下午兩點到六點間，你們在房間裏做什麼？」

蔣俊生：「……還能做什麼？」

警方：「就是做愛做的事嗎？」

蔣俊生：「嗯。」

警方：「除此之外，你們有聊些什麼嗎？」

蔣俊生：「……沒聊什麼。」

警方：「有吵架嗎？」

蔣俊生：「沒怎麼吵。」
警方：「沒怎麼吵？那就還是有吵架囉？」
蔣俊生：「拌拌嘴而已，沒什麼。」
警方：「最近呢？有吵架嗎？」
蔣俊生：「也都是拌拌嘴而已，真的沒什麼。」
警方：「是為了什麼而吵架呢？」
蔣俊生：「還不就是年輕女生小心眼在鬧脾氣嘛，沒什麼沒什麼……」
警方：「她懷孕的事，你知道嗎？」
蔣俊生：「知道。」
警方：「是她告訴你的？」
蔣俊生：「嗯。」
警方：「你們吵架的原因，跟她懷孕有關吧？」
蔣俊生：「部分是。」
警方：「大部分吧？」
蔣俊生：「……」
警方：「六點之後呢？你們去了哪裏？」
蔣俊生：「我開車帶她去吃晚飯。吃完後在餐廳坐到九點多，就送她回去……」
警方：「只去餐廳，沒去別的地方？」
蔣俊生：「沒有。」

警方：「吃晚飯時，你們有吵架嗎？」
蔣俊生：「沒有。」
警方：「但是，你送她回去後，你們有在她房內發生激烈口角吧？」
蔣俊生：「是當時在客廳的那兩位女生說的吧？」
警方：「請針對我的問題回答。」
蔣俊生：「那要看你們對『激烈』的定義為何了。我認為，我們只是溝通的聲音大了點……」
警方：「不是還有人氣到砸東西嗎？是她還是你？」
蔣俊生：「……是我的手機不小心摔在地上了。」
警方：「只是手機？」
蔣俊生：「是的。」
警方：「根據其他證人的證詞，你是在十一點十分走出古瑄慈的房間，走過客廳，拉開木門而出，並關上木門……」
蔣俊生：「是的。然後我就關上鐵門，下樓開車，離開了那棟公寓。」
警方：「離開的時間是？」
蔣俊生：「十一點十五分左右吧。」
警方：「你離開公寓後，又去了哪裏？」
蔣俊生：「還能去哪裏？就回家啦。」
警方：「我們調閱過你住家巷口的監視器畫面。在十二點五分時，有看到你的車開入。」
蔣俊生：「我說的是實話吧！」

警方：「監視器也有拍到你的臉。」

蔣俊生：「所以，可以放我回去了吧？」

警方：「可是，從她住處到你家應該半小時內就能抵達的車程，當晚你卻開了五十分鐘……」

蔣俊生：「那天下那麼大雨，你怎麼能用平常的路況來估算車程呢？」

警方：「而且，她住處的樓下與巷口都沒有裝設監視器。因此，並不能證明你離開的時間確實是你所說的十一點十五分。」

蔣俊生：「你是在暗指什麼？」

警方：「有任何鄰居或路人，可以為你離開的時間作證嗎？」

蔣俊生：「……沒有。離開時，我沒遇見半個人。」

警方：「怪了，怎麼這麼巧呢？」

蔣俊生：「那是因為當晚天候惡劣，沒什麼人外出，而我的車又停得很近……」

警方：「還是說，你在離開前還做了什麼事呢？」

蔣俊生：「我做了什麼？」

警方：「例如，潛近前陽臺的窗邊，然後拿了繩索之類的東西勒死了古瑄慈……」

蔣俊生：「當然沒有！你們不要亂栽贓人！」

警方：「沒有就好。你回家時，家裏有人在嗎？」

蔣俊生：「……沒人在。」

警方：「你太太呢？既然你能跑去見古瑄慈，她一定出差去了吧？」

蔣俊生：「她去深圳出差，要三、四天後才會回臺灣。」

警方：「你有小孩嗎？」
蔣俊生：「我有一個兒子。」
警方：「他幾歲了？」
蔣俊生：「今年八歲。」
警方：「你回家時，他也不在？」
蔣俊生：「他去墾丁參加校外教學了，隔天才回家。」
警方：「你回家後，做了些什麼？」
蔣俊生：「洗澡、上床睡覺，直到第二天上午接到你們的電話……」

沈組長並在訊息的末尾處補註道：

現況顯示，如果我們找不到蔣俊生犯案的證據，那麼殺害古瑄慈的，可就真的是妳所說的那個吊死鬼啦。

他所傳達出的意思相當明確：除了蔣俊生外，殺害古瑄慈的真兇應該不作第二人想。

2

稍事盥洗後，范苡薰也來到客廳加入眾人討論的行列。

「顯而易見地，案發當晚的十一點十分，當蔣俊生關上客廳的木門後，並沒有緊跟著打開鐵門離去。」她說：「而是如警方所懷疑的那樣，他潛近前陽臺的窗戶邊勒死了古瑄慈。行兇後，他關上窗戶，再帶著兇器從前陽臺打開鐵門，下樓離開公寓。」

「可是，她是如何勒死古瑄慈的呢？」游慧妤問。

「我想，他有可能是人站在前陽臺上，僅將拿著兇器的上半身從窗戶探入房內行兇；也有可能是他整個人從窗戶進入房內行兇。至於是哪一個，就不得而知了。」范苡薰說。

「古瑄慈都沒有叫出聲來，也沒有反抗嗎？」游慧妤又問。

「蔣俊生應該是在古瑄慈沒發現他之前，就從背後勒住她了。」范苡薰描述得彷彿她在場目睹了似地：「因為脖子被勒住，所以古瑄慈叫不出聲來；因為蔣俊生在她背後，所以即使她拳打腳踢，也奈何不了蔣俊生。」

「因為蔣俊生在她背後，因此她的指甲內既沒有纖維，也沒有什麼膚質組織與毛髮。」

程伊玲附和道。游慧妤的目光在各人身上溜來溜去：

「所以，這就是真相了？」

「這應該是在假設『吊死鬼的詛咒』沒有發威的前提下，唯一合理的解釋了吧。」

彭威愷說完，偷瞄著程伊玲。

程伊玲沒有答腔，不過心中對「吊死鬼兇嫌說」的信服，已陡降為百分之五十了。

「這是我們就現況推測出的真相。」范苡薰肅然道：「所缺的只是實質證據罷了。」

「然而，沒有證據，就誰也不能指控。」程伊玲說。

「所以，蔣俊生就可以逍遙法外了？」游慧妤心存疑慮：「可是他怎麼看，都不像是會殺人呢。」

「在美國有很多連續殺人魔，外表看上去也都是溫文儒雅的好人，還不是犯下令人髮指的罪行。」

范苡薰難以苟同，游慧妤則像唸咒似地再三詠嘆：「為什麼？為什麼蔣俊生不惜殺害女友，以及自己未出世的小孩呢？」

「這妳就得去問他本人了。」

當范苡薰兩手一攤這麼回答時，程伊玲沒預期到這個機會在短短二十四小時之後，就落到了她的頭上。

3

第二天傍晚，程伊玲拿著游慧妤的鑰匙重回前一天討論案情的客廳，接待古瑄慈從桃園楊梅老家北上的母親與妹妹。

她們是來古瑄慈的房間收拾遺物的。

「妳是瑄瑄的室友嗎？」

被程伊玲迎入客廳時，古瑄慈的母親這樣問道。

看得出魚尾紋與法令紋有整過的她也是一雙大眼、一張圓臉配尖下巴。

古瑄慈如果再多活二十幾年，大概就是她母親現在的樣子。

「我是她朋友，但不是她室友。」

范苡薰與游慧妤一個要去看舞臺劇、一個要去打工，便把接待的工作託付給程伊玲。

古瑄慈的妹妹則是高中生模樣，個子比姊姊高，鼻頭寬寬的，沒有姊姊好看。

「妳姊姊走後，她的房門就沒再上鎖了。」程伊玲對古瑄慈的妹妹說：「我剛剛已經先去清理了一些她用完沒丟或是過期的化妝品。剩下的妳看看哪些派得上用場，就拿去吧。」

「麻煩妳了。」

古瑄慈的母親代小女兒發言。程伊玲搖著手：「別這麼說，妳們就忙妳們的吧。」

母女倆在古瑄慈的房間待了半個鐘頭後，僅簡單打包了古瑄慈的證件與生前的貼身用品。

「她三個衣櫃裏的衣物，妳們都不帶走嗎？」

房門外的程伊玲愕然道。古瑄慈的母親拉著小女兒退出房間，闔上房門：「帶回去，也只是觸景傷情而已。」

「妹妹可以穿啊。」

「我姊姊比我瘦得多，她的衣服我穿不下。」

古瑄慈的妹妹說。臉上的哀傷既為姊姊，也為自己。

「妳的身材跟瑄瑄很像。」古瑄慈的母親將程伊玲從頭到腳瞄了一遍：「她那些衣服不如妳就拿去穿吧，或者跟她室友分一分也可以。」

「這樣好嗎？」

繼承往生者的衣服是福是禍，讓程伊玲好生為難。

古瑄慈的母親沒有正面回答，只是將視線駐足在程伊玲的臉孔上頭，語調中有說不出的酸楚：「說實在話，妳跟瑄瑄長得也有點像呢。」

「她的室友，我的同學游慧妤也曾這麼說過。」

「是嗎？真的是有像呢。」

「謝謝，她比較美啦……」

「我看，不如這樣吧……」

古瑄慈的母親從喉間發出咕嚕聲。她的確切想法為何，由於接下來殺出的程咬金，使得程伊玲再無從得知。

在鐵門與木門被鑰匙開啟的聲響後，電光火石間，木門被一個中年大叔使力推開。是蔣俊生。

他一看到古瑄慈房門前的三人，就怔立在原地。

「我以為這個時間，這裏應該沒人的。」他笨拙地說：「那就改天再來好了，不打擾妳們啦……」

「先不要走！」古瑄慈的母親進屋以來的平和神情不變：「你怎麼會有這裏的鑰匙？你……就是那個蔣俊生吧？」

蔣俊生一聲不吭地默認。

「你還敢來這邊？臉皮怎麼這麼厚啊？」

「別誤會，我是來拿回我的東西的。」

「你的東西？這裏沒有你的東西！」

「我還有一些衣服在她的房間裏……」

「不要臉！」古瑄慈的母親愈講愈激動：「都幾歲的人了？還幹下這種齷齪事！」

「妳是她母親吧？我不曉得妳在生什麼氣……」

「你是真不曉得，還是假不曉得？」

「我沒有做過什麼對不起她的事。」

「你還否認？你把她的肚子給弄大了，你還否認？」

「那是你情我願……」

「什麼你情我願？黑白講！」

「是她自己選擇要跟我在一起，我可沒有強迫過她。」

「你這個搞婚外情的，還給我大小聲？」

古瑄慈的妹妹與程伊玲聯手拉住暴衝的母親。

「一個巴掌拍不響，怎麼能說是我的錯呢？她愛我愛到什麼地步，妳知道嗎？」蔣俊生話說得大言不慚：「她懷孕以後，還要求我先跟我太太辦離婚，再跟她結婚。」

程伊玲大夢初醒，逼問蔣俊生道：「案發當晚，你和古瑄慈在她房內就是在為這件事爭論不休吧？就是因為這樣，所以你不惜殺害她，以及你未出世的小孩？」

蔣俊生瞪著大眼、抽動著兩條濃眉，似乎有千言萬語在喉，不吐不快。

這樣的他在程伊玲眼裏卻男人味十足，再英挺帥氣不過了，她自己也說不上來是為什麼。

怎麼會在這種緊要關頭，迷上古瑄慈的前男友呢？

是因為他長得太像她當年單戀的那個男的嗎？

只能說，女人的心有如海底針般難測。磨了半天，蔣俊生既未承認也未否認。

他關上木門與鐵門後，抽身離去。

若非如此，程伊玲只差一點點，只差一點點，就要臣服在這位熟男的魅力下而墜入愛河了。

真有夠諷刺的。她告訴范苡薰後，還被訓了一頓。

4

叮咚！

送走古瑄慈的母親與妹妹後，沈組長傳了第三封訊息到程伊玲的手機裏。

我用值勤空檔，稍微去瞭解了一下妳所說的「吊死鬼的詛咒」。

那位戴秀真一九六五年九月二十日生於新竹，是家中獨女。在她三歲時父親因肺線癌過世，由母親撫養成人。

她自小功課不錯。國中畢業後以第一志願考入新竹女中，在校三年的成績也名列前茅。哪曉得大學聯考失利，落到了妳們學校去（可別生氣啊）。

據大學同學說，她個性文靜內向，在團體中不多話，是有事悶在心裏的那種人。因此，她與妳們所謂的中年大叔交往的事，在班上誰也不曉得。

到臺北唸大學後，她與國小至高中的同學全斷了聯繫。唯一知情的，應該就只有與她相依為命的母親了。

戴秀真死時未留遺書，她母親也沒向警方自曝女兒畸戀的隻字片語。

十六年前，她母親有天外出時，老家被一場大火燒得乾乾淨淨，什麼貴重東西也不剩。沒過幾個月，她母親也車禍逝世了。死前，未曾向任何人洩露過那位中年大叔的身分。

三十年前戴秀真的死已經以自殺結案，目前沒有重啟調查的可能與需要。我也不認為，戴秀真的交往對象，會與古瑄慈一案有關。

沈組長隨訊息附上了戴秀真的照片，讓程伊玲一睹其廬山真面目。

戴秀真的膚色白晰如雪，清湯掛麵的短髮下雙眸細長而眼角略微上揚，配上高高的顴骨、窄窄的鼻樑與鼻翼，以及渾圓的臉龐……

中國古典美中，帶著些許冷豔。

要將相貌如此出眾的她與三十年來鬧得雞犬不寧的吊死鬼劃上等號，遠超乎程伊玲想像。

可見當年有負於她的那位中年大叔，雙手造下的罪孽有多深重。
程伊玲發誓，一定要把給他給揪出來。

5

「我要搬走了。」
淒風苦雨的翌日，晚間八點。范苡薰與要來還游慧妤鑰匙的程伊玲在阿貴蚵仔麵線店隔壁、隔壁再隔壁的飲料店閒聊時，這麼宣佈道。
弓著與范苡薰同穿高腰棉麻衫的上身，在店內漫畫櫃前尋寶的程伊玲回過臉來：「是嗎？怎麼這麼突然？」
「經過深思熟慮後，我決定花錢消災。即使忍痛付出三個月的違約金，也要遠離這個是非之地。」
「是喔。」
程伊玲心想，是不是也該規勸游慧妤追隨范苡薰的腳步，比照辦理呢？
她坐回座位後，再問了句：「什麼時候搬呢？」
「聖誕節後第三天。」范苡薰看著手機行事曆說。
「這麼快？新家已經找好啦？」
「找好了。而且，我跟雷伯伯與新房東那邊也都談好了。」
范苡薰鴨子划水的功力一等一，教程伊玲好生折服。
「新家是靠哪兒呢？」
「在我們學校那邊。」范苡薰雙手在頭上比出個花椰菜：「對啦，上次來我們家的，妳那位叫彭威愷的學長，是妳男朋友嗎？」

程伊玲直翻白眼，大做鬼臉道：「拜託好不好！哪是啊？」

「那……他跟妳有很熟嗎？」

「哪熟啊？不熟不熟！」

「是喔，殘念了。」范苡薰嘟唇：「本來我看他人高馬大，想請妳找他來幫我搬家的。」

「學姊，妳沒找搬家公司嗎？」

程伊玲想到要搬動范苡薰那裝滿四大書櫃的書就頭疼。范苡薰回道：「有啊。不過，我得自己先把行李從四樓搬下來，再由他們開車將行李載到我的新家去。」

「不能請他們上四樓幫妳搬喔？」

「因為沒有電梯，請他們上樓搬行李，要額外加錢。」

「所以妳只是需要彭威愷幫妳把行李從四樓搬到一樓而已嘛？這種粗活，正好適合他！」

「可是，妳不是說妳跟他不熟？」

「勉強有熟到可以叫他來幫妳搬行李的程度啦。」

「是嗎？那可以請他當天下午一點鐘過來嗎？妳也知我東西很多說……」

「下午一點？就算是早上七點，他都沒問題！」

「這麼好？那就先謝謝啦。」

如此一來，以後兩個人能見面的機會，可就不像現在這麼多了。

程伊玲還沒啟口問范苡薰的新地址，范苡薰就望著店門外道：「咦？那個人不是古瑄慈的男朋友嗎？」

但見蔣俊生撐著一把黑傘，一身長袖襯衫與牛仔褲的輕便打扮走近他已故小女友住的公寓，三兩下用鑰匙打開樓下的公共大門。

「有事嗎？他還來這邊幹麼啊？」

范苡薰面露不悅。程伊玲目送蔣俊生進門、關門後，說：「我想，他應該是要去古瑄慈的房間，拿昨天沒拿成的東西吧。」

「昨天？他昨天也有來？」

范苡薰拿出手機，嗔道：「拿回自己的衣服？這藉口也太瞎了吧。」

程伊玲花了十分鐘，將昨天傍晚蔣俊生與古瑄慈的母親冤家路窄的事向范苡薰爆料。

「學姊，妳認為他在唬爛嗎？」

「我看啊，說他是來拿古瑄慈的衣服還比較有可能。」

范苡薰塗了紅色指甲油的手指在手機的寬螢幕上滑啊滑地。

「他拿古瑄慈的衣服做什麼？拿去網拍嗎？」

「一般網拍就算了。不是還有些變態會賣女生剛脫掉還沒洗的內衣褲嗎？」范苡薰不以為然地說：「無論標價多扯，都有人甘願掏錢，很好賣呢。」

「所以蔣俊生是來收集自己已故女友的內衣褲的？好噁啊……」

范苡薰停下滑手機的手指，對程伊玲睜大雙眼：「萬一，他連我的內衣褲也不放過怎麼辦？」

「學姊的內衣褲？妳的房門沒上鎖嗎？」

「鎖了。」

「那就安啦。妳房間也沒窗戶，他進不去的啦。」

「但是，我有幾件內衣褲晾在頂樓耶。」
「是喔？是洗過的吧？」
「當然是洗過的！沒洗我還晾出來喔？」
「有洗過就不用擔心了，他不會要的。」
「為什麼？」
「學姊妳不是說，他的目標是女生剛脫掉還沒洗的內衣褲嗎？」
「暈倒。買的人哪分得出買到的內衣褲是洗過的還是沒洗過的啊？」
「喔！所以學姊妳的意思是，他賣的是洗過的內衣褲，但卻謊稱是剛脫掉還沒洗的，好哄抬價格對吧？」
「我們一定要在這邊進行這麼低級的對話嗎？」
「那不然怎麼辦？」
「還能怎麼辦？快去救我的內衣褲啊。」
范苡薰在手機上連按了好幾下後，拿起她掛在椅背上的黃色機車包與黑折傘。
兩人快步來到十三號四樓的鐵門外。
透過鐵門的欄杆縫隙，看見蔣俊生脫在前陽臺裏的那雙淺褐色休閒鞋後，范苡薰將自己的折傘拿給程伊玲：「幫我保管一下。」
「學姊，妳要去頂樓啊？」
「是啊。」
「妳要一個人去喔？」

「安啦，蔣俊生現在人在屋內。」范苡薰握住褪色的紅扶手，一腳跨上往頂樓的樓梯：「夜黑風高，妳在這邊留守就好。」

「雨那麼大，學姊妳不帶傘嗎？」

「頂樓有一個很大的遮雨棚。」

「妳的機車包咧？不給我嗎？」

「我還揹得動。」

范苡薰走上樓去的步伐毫不停歇。程伊玲捧著自己的包包與兩把傘，背靠白牆蹲了下去。

十五分鐘後。

范苡薰下樓的腳步，輕得無聲。

程伊玲將自己的包包與兩把傘都放在地上，空著雙手，在十三號四樓的鐵門前面站著。或許是等太久了，被連喊了兩聲，她才應了應。

「如何？」

「還好。我的內衣內褲都完好如初，一件也沒少。」

「恭喜學姊。妳窮擔心啦！」

范苡薰掏出鑰匙，打開鐵門。

程伊玲的兩眼在前陽臺裏蔣俊生的休閒鞋、他那把直立靠在雜物堆上的黑傘，以及雜物堆裏的油漆罐、帆布、鐵條、木板、梯子、磚塊間游移時，范苡薰用鑰匙打開木門：

「不知道蔣俊生在搞什麼鬼？游慧妤有在家嗎？」

「不在。這個時間她在打工……」

兩人將傘掛在前陽臺的瓷磚壁上後，拎起包包進入屋內。

古瑄慈的房門半掩著。范苡薰拖著程伊玲上前，輕叩房門：「蔣先生！」

無人回應。范苡薰又輕叩房門喊了一次：「蔣先生！」

無人回應。

「蔣先生。古瑄慈已經不在了，你還這樣隨隨便便闖進別人的住處，很不恰當喔。」

還是無人回應。

「你那副多打的鑰匙，是不是該歸還給我們啦？」

房門被范苡薰叩得慢慢向內開啟，而慢慢映現出往前傾倒的梳妝台、散落在地的化妝品、一張A4白紙、一把黃柄美工刀，以及赤腳高懸在房內的蔣俊生。

一股尿騷味，從他的褲襠撲鼻而來。

上回是程伊玲，這回則換作是范苡薰雙腿一軟，向前趴倒在房內。站在她後頭的程伊玲雙手掩面，空有嘴形而叫不出聲來。

窗戶向下大開，蔣俊生脖子套著從窗外上方延伸進來的麻繩，上吊自殺了。

「學妹，我、我好想吐。」范苡薰撫著肚子，痛苦不堪：「快去廁所幫我拿一張面紙來。不，兩張面紙……」

「好，我去我去……」

「再去幫我拿嘔吐藥來……」

「嘔吐藥？」

「妳先找一下廁所洗手檯上面的櫃子，不是在第一層左邊，就是在第二層左邊……」

「好，廁所洗手檯……」

「如果都沒有的話，就在我房間裏……我房門鑰匙給妳……嘔吐藥我都是放在進房門左側的書櫃裏，第一層，不，第二層，妳兩層都找看看。電視旁邊的書櫃也有可能……」

「是喔？」

「不然，妳四個書櫃都找一找，床底下也不要放過……」

6

儘管范苡薰指示得那麼詳盡，程伊玲忙了半天，還是沒能找到嘔吐藥。

「三十年前出過人命、這一個月內還連死兩人。這個房間百分之兩百是被詛咒了！」一來到現場，沈組長拉拉風衣衣領走進客廳，劈頭就這麼說。

客廳裏的程伊玲加了句：「而且是被吊死鬼詛咒了。」

一個月內，她與范苡薰兩度在同一地點向沈組長說明發現屍體的經過。

她們略去了頂樓一節不提。因為警方要是帶人上去，把范苡薰的貼身衣物翻來翻去的話，她會被氣瘋掉。

警方並從房東雷老先生那邊獲得確認：吊住蔣俊生的，就是放在前陽臺雜物堆中的粗麻繩。

「早知道，你們上次比對完那捆粗麻繩後，就不要再送回來了。」

程伊玲打了個寒顫後說。沈組長用下巴指指古瑄慈房內的蔣俊生屍體，答道：「有心求死的人，是不會被這點小事給難倒的。」

屍體一經運走，沈組長就步入古瑄慈房內，向一位蹲在地上蒐證的鑑識人員詢問專業意見。

「麻繩的一頭打了個繩圈，套在蔣俊生的脖子上。」鑑識人員的長臉仰視著窗戶說：「另一頭就綁牢在窗框上緣這根向房內突出的螺絲釘上。」

「上次來的時候，我就注意到這東西了。」沈組長盯視著螺絲釘：「回去翻閱舊檔案時才知道，三十年前在此自殺的女大學生戴秀真，也是用它綁上跳繩上吊的。」

「我們試過了。這根螺絲釘雖然比螺絲洞突出個三到四公分，卻被栓得很緊，足以承載一個成人的重量，簡直就像是為上吊者量身打造的一樣。不知道是哪個缺德鬼設計的？」

「而且三十年來，螺絲釘表面的螺紋都不會生銹的嗎？只能說是奇蹟了。」

「是詛咒。」在房門口的程伊玲補了一槍。

鑑識人員沒加理睬，繼續對沈組長陳述道：「我們將螺絲釘距離繩圈與地面的高度、蔣俊生的身高以及梳妝台的高度約略試算了一下。當蔣俊生踮腳站在梳妝台上，往脖子套上繩圈時，麻繩呈現的是繃緊狀態。只要梳妝台再往下低個一、兩公分，就足以教蔣俊生被麻繩勒得喘不過氣來。」

「他有沒有可能是站在床或衣櫃上頭上吊的呢？」

沈組長雙手撐著膝蓋問鑑識人員。鑑識人員偏了偏頭，說：「將床與的衣櫃高度試算進去，再就現場狀況研判，這些可能性都不高。」

程伊玲用手指將鏡框眼鏡向上頂了頂，以便將地上A4紙的內容看得更清楚。

這封形同蔣俊生寫給古瑄慈的遺書，只有區區一行字。

在此，我要為我曾犯下的罪過，真心向妳懺悔與贖罪，由衷祈求妳的諒解。

言簡意賅，道盡了古瑄慈與蔣俊生死亡的真相。

程伊玲坐回客廳的沙發，問換了家居服後，躺臥在沙發上休息的范苡薰：「學姊，妳好一點了沒有？」

范苡薰孱弱地摸摸額頭：「好多了，謝謝關心。」

「妳啊，就是平時都沒在運動，又愛穿那麼少，才會這麼虛。」

「在室內穿短袖短褲還好吧？」

范苡薰看了看自己裸露在外的手臂與雙腿。程伊玲咋舌道：「可是現在是冬天耶。每次看妳穿這樣，我都覺得不對勁。」

「不對勁？」范苡薰啞然失笑：「妳講得也太嚴重了吧。我不過就是崇尚自然而已，哪有什麼不對勁啊？」

不對勁、不對勁……

程伊玲推敲著。在古瑄慈的房內，好像也有哪個地方不太對勁。

是哪個地方呢？

她再折回房門口，伸長脖子向內張望：衣櫃、床、梳妝台、窗戶、地板……

衣櫃、床、梳妝台、窗戶、地板……

房內的沈組長見狀，問她道：「有事嗎？」

「沒事……」

程伊玲坐回客廳的沙發後，心中已有了答案。

「學姊，妳的嘔吐藥會不會是已經吃完了啊？」
「可能是吧。」范苡薰漫不經心地：「上次吃是一年前的事了，我都記不得啦。」
「吃嘔吐藥真的有效嗎？」
「有效。妳也去買一盒吧，想吐時就能派上用場。」
「我腸胃很好，用不到的啦。」
「女生想吐的原因，不只是腸胃不好喔。」
「學姊，妳是說還有懷孕嗎？」程伊玲斬釘截鐵地說：「我不會那麼粗心的啦。」
「不會就好……」
答案，跟蔣俊生用來上吊的麻繩有關。

第七章　教室

1

聖誕夜前一天，下午兩點。

程伊玲換上黑色泳帽、泳鏡與連身泳衣，在學校體育館一樓的溫水游泳池內上游泳課。

裏面穿紅色連身泳衣、外面罩上一件白襯衫的壯碩女老師拿著點名單與成績登錄簿站在池邊，扯著嗓門對池內的女學生們高喊：「五十公尺！五十公尺！」她左手比了「五」的數字：「只要在期末測驗中能游完五十公尺，就算及格了。」

「游仰式可以嗎？」

有女學生問道。女老師的頭像左右轉動的電風扇一樣環顧池內，說：「不管自由式、蛙式、仰式、蝶式、狗爬式都可以，沒有限制。」

「狗爬式也可以喔？」

一群女學生笑出聲來。

「都可以、都可以。」女老師每到斷句處就點一次頭：「妳們如果很能憋氣，用潛泳的也可以。不過，那不太可能啦。」

程伊玲暗道，這還用講？我們是人，又不是魚。

「中途可以休息嗎？」

有女學生問到了關鍵。女老師猛搖頭：「不行，不能休息。」

女學生們反彈的聲浪從池內洶湧而來。女老師連點名單與成績登錄簿也一塊兒搖上了，堅不妥協：

「必須不間斷地游完五十公尺。如果中途休息，就要重來。」

「老師，我們要換氣耶。」

反彈中，有女學生這麼說。女老師回道：

「邊游邊換氣不會喔？上課不是都有教過嗎？」

「我早就說了嘛，女老師比較難纏。」程伊玲聽見旁邊有幾個女同學竊竊私語道：「要是男老師啊，我們『盧』一下就ＯＫ了。」

最終，還是沒得商量的餘地。

於是，程伊玲開始認份地練習。她選擇較輕鬆的仰式，想辦法在五十公尺的泳距中保持四肢的穩定律動，以及呼吸氣息的順暢。

然而，程伊玲再怎麼練習，過了二十五公尺後，腹部的肌肉還是會抽痛起來。

氣死人了，被當掉就重修算啦！

游著游著，她的餘光看到一個風衣的倒影接近池邊。

她恢復成頭上腳下的姿勢後，摘下泳鏡。

女老師已經不知道躲到什麼地方偷懶去了。站在池邊對她微笑揮手的，是沈組長。

程伊玲脫下泳帽、披上浴巾，與沈組長坐在女更衣室外的長板凳上對話。

「我找了好久，才找到妳呢。」

兩人首度獨處。沈組長的態度，明顯比在案發現場時愜意許多。

衣不蔽體的程伊玲反而不太自在：「真的假的？找人對你們當刑警的來說，不是易如反掌嗎？」

「也不見得。有時候，一個女大學生的行蹤，還比煙毒通緝犯神秘呢。」沈組長頓了頓，勇敢說出：「更不用說是女大學生心裏的想法了。」

程伊玲假裝聽不懂他的影射，岔話道；「你一個人來的嗎？同事呢？」

「就我一個人。」沈組長起身脫掉風衣，搭在右前臂上後再坐下：「我中午來這附近查別的案子，順便繞過來告訴妳一聲。」

「你要告訴我什麼？」

程伊玲一驚，深怕對方是要藉機告白；她完全沒有心理準備。

「是關於古瑄慈的命案。」

好佳在、好佳在……

「有什麼突破了嗎？」

「雖然還未正式公佈，但破案應該是指日可待了。」

「是喔？」程伊玲雙眼張得老大：「所以真相是？」

「妳別急，我們一步一步地來。」

話聽在程伊玲耳裏，沈組長想要一步一步來的彷彿是他們兩個人的關係，而不是對案情的剖析。

她忙甩腦袋，好甩掉這個念頭：「請說。」

「先說古瑄慈的死。在嫌犯的身分方面，蔣俊生涉有重嫌，這我已經先讓妳知道了。」沈組長一層層抽絲剝繭道：「我再把原因說一遍。第一，現場沒有陌生外來者入侵的跡象。

「第二，根據妳和范苡薰的證詞，案發當晚除了古瑄慈外，只有蔣俊生、妳和范苡薰三個人在那間屋子裏。

「第三，古瑄慈死亡的房間是第一現場，她是在自己的房內遇害的。那個房間的出入口有二：一是房門，二是循上下方向開關的雙軌推拉窗。也就是說，兇手要不就是經由她的房門、要不就是經由她房間的窗戶來行兇。根據同樣的證詞，蔣俊生離開她房間時她人還活著，之後到她被發現死亡時，她的房門都是上鎖的。所以，兇手是經由她房間的窗戶來行兇的。

「第四，以屋內的格局而言，要從她房間外接近窗戶，必須先進入到前陽臺裏。而進入前陽臺的途徑有三：從屋外經由鐵門、從屋內經由客廳的木門，或者是從屋內游慧妤的房間窗戶攀出，沿著外牆突出物，也可成功進到前陽臺裏。根據同樣的證詞，當晚妳一直在客廳，而范苡薰不是也在客廳，就是在她那那沒有窗戶的房間裏。既然在古瑄慈死前，妳和范苡薰都沒有採取上述三途徑的任何一種進入到前陽臺裏，也就不可能接近古瑄慈房間的窗戶來行兇。因此唯一有可能下手的，就只有蔣俊生一個人。

「第五，根據同樣的證詞，蔣俊生離開古瑄慈房間的時間為十一點十分，妳和范苡薰發現古瑄慈屍體的時間為十一點三十分。因此，古瑄慈是在這兩個時點間遇害的。考慮到古瑄慈住處距蔣俊生住家的車程為半小時，就算當晚下著大雨，蔣俊生離開古瑄慈房間後先行兇，再於十二點五分被他住家巷口的監視器拍到他回家，在時間上也綽綽有餘。

「在行兇手法方面，雖然當晚的雨勢掩蓋了前陽臺上鐵門的開關聲，蔣俊生離開四樓的確切時間因而不明，但大膽推測他十一點十分離開古瑄慈房間後應該是先潛伏在前陽臺裏，然後拿出預藏的繩索經由古瑄慈房間的窗戶行兇。行兇時他有再進入房內嗎？可能有，也可能沒有。行兇完他再帶著繩索離去，開車回到自己的住家。

「在行兇動機方面，妳不是告訴過我，蔣俊生自己向古瑄慈的母親坦承，古瑄慈懷孕後，要求他先跟他太太辦離婚，再跟古瑄慈結婚。為了擺脫古瑄慈的百般糾纏與恫嚇，免除對她腹中胎兒的責任，當晚他才刻意在離開古瑄慈房間之際讓妳和范苡薰看到活生生的古瑄慈，並關上客廳的木門假意離開屋子，製造不在場證明，然後再神不知鬼不覺地來個回馬槍……

「可是，案發現場的附近沒裝監視器、兇器的下落成謎，死者的屍體表面也沒有留下兇手的ＤＮＡ。儘管在古瑄慈的房內採集到蔣俊生的毛髮與指紋，但那大可歸因於他們倆的男女朋友關係，即使再加上前述的邏輯推理，仍不足以作為讓檢察官請訴蔣俊生的實質證據……」

像沈組長這樣的中年大叔分析起事理時，都有個通病。

美其名是井然有序、條理分明；骨子裏就是囉唆。話匣子開了就一發不可收拾，而且不厭其煩地重覆程伊玲已知的事實，好像只講重點的話就會被人看扁似地。

古瑄慈一案的嫌犯身分也罷、行兇手法也罷、行兇動機也罷，都是些老生常談了，沈組長還能講得樂此不疲。

程伊玲以浴巾角將頭髮擦乾，耐住性子聽他長舌下去後，終於聽到了些新東西。

「再說蔣俊生的死。第一，我們同樣沒有在現場發現有陌生外來者入侵的跡象。

第二，蔣俊生上吊的麻繩兩端都被利器裁切過，用的應該就是掉在地上的那把古瑄慈持有的美工刀。麻繩與美工刀上，都只有採集到他一個人的指紋。

第三，比對筆跡後，那張Ａ４紙上的字確為蔣俊生所寫。」也許是寒意上身，沈組長又起身穿回風衣：「從『罪過』、『懺悔』、『贖罪』等字眼，大可推斷蔣俊生是畏罪自殺。而他所犯的罪，就是殺害古瑄慈。」

「以及他們未出世的小孩。」程伊玲用浴巾將身體裹得更緊：「他特意重回他犯案的現場，將麻繩在窗戶上綁好後，站在梳妝台上把繩圈往脖子套上，再踢倒梳妝台。這麼做是因為受不了良心的譴責，還是你們警方的咄咄逼人？」

「就結果而論，這一點都不重要了。」沈組長展眉道：「此外，蔣俊生是個劈腿成性的人。我們查到他在與古瑄慈相識前的去年七月到今年八月，還有一個交往對象。」

「是喔？」

會亂搞的男人，肯定都是慣犯。

「不過這個對象在社群網站上用的暱稱是英文，不太好唸……」

「可以給我看看嗎？」

沈組長拿出手機滑了滑，再把螢幕轉向程伊玲，手指著網頁裏的一個名字：

Cécile

字母e上有一撇的，應該不是英文吧。

「嗯……這可以翻作『塞西爾』。」

程伊玲也不是很有把握地說。沈組長從風衣口袋裏掏出煙盒後，看到程伊玲皺了皺眉，又把煙盒收了起來。

「而在塞西爾之前的五年裏，蔣俊生還有三個交往對象。易言之，他有四次婚外情的前科。並且，古瑄慈也不是第一個被蔣俊生弄大肚子的小三。」

「真的假的？」

沈組長把螢幕轉回向自己，翻動網頁道：「今年一月十一日，塞西爾在社群網站上告訴蔣俊生，自已有了他的小孩；預產期在七月份。」

「是嗎？那個小孩，如今也快半歲了吧。」

「小孩呀，已經不在了。」

「夭折啦？」

「從一月到二月的對話訊息裏，蔣俊生多次在社群網站上勒令塞西爾不准把小孩生下來，一定要去拿掉。」

「怎麼這樣？」程伊玲臉上三條線。

「到了三月，縱使有千百個不情願，塞西爾還是照辦了。」

「是喔？」

蔣俊生對古瑄慈痛下殺手，不惜犧牲自己的骨肉，原來是有跡可循的。

這位差點兒也讓程伊玲意亂情迷的中年大叔，心腸不是用鐵塊，就是用石頭做成的。

愛上他的女人，註定要倒大楣。

程伊玲正慶幸自己逃過一劫時，沈組長突如其來地站直身子，伸臂指向程伊玲：「怎麼樣？」

「什麼怎麼樣？」

程伊玲倒退三步。見她被嚇到，沈組長促狹地笑了笑：

「事已至此，妳還堅稱殺害古瑄慈的真兇是吊死鬼嗎？」

「這……」

倔強的程伊玲還想耍嘴皮子扳回一城。此時，沈組長的手機響起。

2

「人到了嗎？嗯……好、好，我在體育館裏。體育館嗎？就是東校區最後一棟的暗紅色建築，外形仿照小巨蛋建成的……對、對，我在一樓，溫水游泳池的女更衣室外。好，快來吧……」

沈組長掛上電話，對程伊玲眨了眨眼：「妳去把泳衣換下來吧。過不了多久，我們同仁會帶一個人來這裏。」

「誰啊？」

「誰啊？等著瞧囉……」

換回淺黃色針織毛衣與七分褲後，程伊玲把自己認得的人名想過了好幾輪。殊不知沈組長那位面有菜色的年輕同仁帶來的，是個她素昧平生的老婦人。

老婦人的滿頭灰髮燙成海膽形，眼皮因塞滿眼眶的黏膩眼屎而開開闔闔。她佝僂著瘦小的身軀，每走幾步路就咳個一聲。

沒有八十歲，也有七十歲了。

「她姓鄭，是戴秀真的阿姨。」

四個人都在長板凳上坐定後，沈組長的菜面同仁向程伊玲介紹老婦人道。

程伊玲短時間內還意會不過來：「真的阿姨？還有假的阿姨嗎？」

「什麼真阿姨、假阿姨？」沈組長說：「她是三十年前亡故的那位戴秀真的母親的妹妹，戴秀真的阿姨啦。」

「是喔？」
戴秀真學姊如果尚在人世，今年也有五十歲了。有這種年紀的阿姨，倒也說得過去。
「你們這麼神通廣大，還能找得到她的阿姨喔？」
「妳不是說過，找人對我們當刑警的來說是易如反掌嗎？」沈組長將程伊玲說過的話倒背如流：「她是局裏偵辦中的另一件案子裏的證人之一。無意間，被我們得知她與戴秀真的關係。我想，對吊死鬼的詛咒念念不忘的妳，應該有很多話想要問她吧？」
其實沒有很多，只有一句話想問。
不過，程伊玲還是循序漸進：「阿嬤，妳好。」
老婦人置若罔聞。沈組長緩頰道：
「阿嬤重聽；而且她只會客家話。國語與臺語她既不會聽，也不會說。」
「我不會客家話耶，要怎麼跟她溝通啊？」
「妳以為我請這位林刑警來是裝飾用的嗎？」沈組長向菜面同仁伸長下顎：「他是屏東長治鄉來的客家人。翻譯的工作，就靠他啦。」
林刑警害羞地笑笑後，便克盡己職地擔任起程伊玲與老婦人間的橋樑。
「阿嬤。妳還記得妳有個外甥女，叫作戴秀真嗎？」
「記得。」
「她年紀輕輕就不在了，好可憐喔。」
「很可憐啊。她自己，不想活了。」
「她的媽媽，妳的姊姊，很傷心吧？」

「很傷心啊。但是，人都走了，又能如何呢？」
「我們都很替她惋惜啊。」
「惋惜嗎？謝謝妳們啦。」
「阿嬤。她的媽媽，妳的姊姊，有向妳提過，害她尋短見的那個男人是誰嗎？」
這就是程伊玲唯一想從老婦人這邊問的話。
「戴秀真不是被男人殺害的，她是自己吊死自己的。」
林刑警翻譯出老婦人嘟囔的字句後，程伊玲知道對方沒把問題聽懂，又換了個方式問道：
「妳的姊姊有向妳提過，戴秀真的男朋友是誰嗎？」
「男朋友？」老婦人答非所問：「她只交過一個男朋友。」
「她只交過一個男朋友是不是？那個男的叫什麼名字呢？」
「她男朋友跟她住得很近。」
「我知道住得很近。她那個男朋友，一個中年大叔，大她好多歲的，是誰呢？」
「她男朋友跟她住得很近。」
「阿嬤。那個跟她有親密關係，還讓她懷孕的男朋友，姓什麼叫什麼？」
「她男朋友跟她住得很近。」
無論汗流浹背的程伊玲怎麼問，老婦人都搬出這句話來鬼打牆。程伊玲再頑強，也不能不豎起白旗。
「我不問了！」
她發起大小姐脾氣。沈組長忍住笑意：「就這樣？」
「你也看到啦。這還有什麼好問的呢？」

「好吧，那我們就先撤了。」

沈組長指示林刑警後，自己也從長板凳上站了起來。

「喂！你就這樣撒手不管了嗎？」

原以為沈組長定會幫忙問話的程伊玲出手攔阻道。沈組長看了看她，狡獪地笑道：「我愛莫能助啊。」

「為什麼？」

「因為，我偵辦的是古瑄慈的命案，不是戴秀真的自殺案啊！與古瑄慈的死有關的事歸我管，而與戴秀真的死有關的事，可就不歸我管了。」

程伊玲啞口無言。

3

下午三點半，程伊玲離開體育館，來到上「社會宗教與倫理」通識課的會議廳教室外。

在每節課必點名、無故曠課兩次即扣考的壓力下，可容納兩百人的教室裏遠遠望去，似乎座無虛席。

她在老師透過麥克風的講課聲中從教室後門鑽了進去。左顧右盼，才在最前排的中間地帶發現一個空位。

該空位正對著老師，無怪乎乏人問津。

程伊玲別無選擇，硬著頭皮坐了下去。臺上的中年女老師不受影響，繼續在播映簡報的布幕前口沫橫飛、唱作俱佳。

儘管她很賣力，但程伊玲覺得凡是涉及到宗教與倫理的東西，本質上就很無趣。

而游慧妤又遲遲不到……

程伊玲百般聊賴，便滑動手機，閱讀起范苡薰寄來的「變」這本書的中譯書評解悶。

……會產生變化的不是人與人間的關係，而是人的心。

「變」就是這樣一部談論人心變化的作品，談論男主角在從巴黎到羅馬的火車旅途中，車廂內外的光景與他的內心世界交互作用，導致他意識覺醒的作品。

毋庸贅言，在男主角本人、他分居中的妻子與情婦的三角關係中，他偏向的自然是情婦。這趟火車旅途的終極目的就是以探視為名，將情婦從羅馬接來巴黎住。

懷抱著能與情婦共同生活的夢想，男主角搭上了一九五五年十一月十五日早晨八點到十六日早晨五點四十五分的快車。然而，他的如意算盤打得再精，也敵不過「變化」。

車廂外的景觀在變化、車廂內的事物在變化；空間在變化、時間在變化；由他的回憶與想像交織而成的九次旅程在變化、本次旅程的目的也在變化。

他的感官就像精密的攝影機，細細捕捉著這一切的變化；而他的心境則細細體察著這一切的變化：或自信、或惶恐、或清醒、或迷惘。

終於他改變心意，決定既不去探視情婦，也不接她回巴黎住了。

作為新小說派的代表作之一，全書的文筆、技巧、情節與結構均屬上乘。美中不足的一點是，這是一部純然以男性為主體的作品。

就因為是一部純然以男性為主體的作品，因此所呈現出來的三角關係是失衡而不勻稱的。不僅僅男主角的妻子在書中的形象單薄，情婦的地位亦流於從屬與被動。

女人在「變」中的功能，大抵就跟車廂外的山、川、河、海以及那一再被作者描寫到的車廂內的暖氣鐵皮相去不遠。女性被物化了，這才是本書最令人髮指之處。

撇開男主角的妻子不論。作為與男主角沒有婚約束縛的情婦，為何被剝奪在這段三角關係中選擇的自由意志與覺醒的權利？為何她要讓男主角予取予求，讓男主角招之則來、揮之而去？

她並未做錯什麼，卻栽在男主角片面的意識覺醒之下，盡付過往的甜蜜於東流。男主角對她不公平，作者對她更不公平。

在三角關係中，情婦向來是較隱諱與非正式的一方。她們比起男方更欠安全感、活得更卑微，心境因而變化的幅度更大，可供作者揮灑的餘地也更寬廣才是。

對此，作者卻徹底迴避。

即使全書皆是這位腳踏兩條船的中年男子獨角戲下的夫子自道，在若干段落綴以情婦的視角，不但無損創作原旨，亦可令這三角關係的構造更臻完整。

作者的迴避是基於惡意還是疏失，只有天知道。

於是，女方被形塑為被變化的客體，而非主體。這樣落伍的安排，實大開時代的倒車。

中譯文章裏未標註出作者。這篇為情婦打抱不平的書評是誰寫的，因而無由知曉。

4

直到四點四十五分時，游慧妤才姍姍來遲。

她一踏進教室，剛要找位子坐下，女老師就以要接小孩放學為由提前下課。

程伊玲側肩背起咖啡色牛皮包，穿越教室內鬧哄哄的人群，走向傻在後排的游慧妤。

「怎麼這樣？」一頭髮被外頭的風吹得亂糟糟的游慧妤措手不及：「都還沒開始上課，就結束啦？」

「是妳還沒開始，我們已經開始好久了！」

「老師今天有點名嗎？」

「她今天沒點，算妳走運。」

「厚！還好我善事做得多，好人有好報。」

「有事嗎？這麼晚才來？」

「還說咧，要不是為了妳，我還不來呢！」

「屁啦。妳是為了點名而來的好不好？這兩個鐘頭妳死到哪裏去啦？」

「我去看房子了。」

游慧妤把鏡框眼鏡往眉心推，難為情地說。

程伊玲笑了聲「嘿」後，隨意朝一旁空座位的桌面坐下：「終於想清楚了，要搬家啦？」

「都死兩個人了，能不搬嗎？」

「是三個人！」

「喔，對。還有三十年前的戴秀真學姊……」

「可是，違約金怎麼辦？妳爸住院不是還要花錢嗎？」
「我爸爸兩個禮拜前就已經出院了啦。」
「他現在狀況如何？」
「還算ＯＫ，吃東西時要控制血糖就是了。」
「所以，妳寧願把違約金送給那個雷伯伯？」
「不想送也不行啊。」游慧妤齜牙咧嘴：「連范苡薰學姊都要逃走了。我再不搬，萬一下一個死的是我怎麼辦？」
「想太多。不可能的啦！」
「妳又知道了？」
「因為啊，我兩個多鐘頭前才跟沈組長碰過面。」程伊玲右手指把玩著掛在她右耳垂下的銀耳環：「警方已經認定，殺害古瑄慈的兇手就是蔣俊生了。」
「真的假的？」
「騙妳幹麼？」
「那就跟上次我們推理的結果一樣囉？」
「不過，是由於蔣俊生畏罪自殺了，才使我們的推理牢不可破。」
「是喔？」
「既然兇手都已經死了，妳就不用杞人憂天會有生命危險啦！」
「重點是，現在那屋子裏有三條鬼魂。」游慧妤左手伸出三根指頭：「我被人殺的機率雖然降低，但被鬼殺的機率卻升高了。」

「怕什麼？妳不是說妳善事做得多嗎？」
「善事做得再多，也是會怕鬼啊……」
「沒做虧心事，半夜不怕鬼敲門。」
「妳不怕？那妳去住。」
「好啦好啦。我不是早就有勸過妳搬家了嗎？誰教妳拖到現在才從善如流？」
「唉，我命苦，一住就住到這種超級凶宅……」
「別這麼說，我倒覺得妳狗屎運不錯。」
「妳是在講反話吧？」
「不不不，這是我的肺腑之言。」
「為什麼？為什麼說我狗屎運不錯？」
「因為，每次有人死在那間屋子裏時，妳都不在現場啊。」
「咦？對喔。」
「戴秀真學姊死時，妳還沒出生；古瑄慈死時，妳回老家探望妳爸；蔣俊生死時，妳在打工。」程伊玲在她針織毛衣的高領上比出「割喉」的手勢：「反而是不住在那裏的我，後兩次都躬逢其盛……」
「這是妳命格裏帶『賽』，可不要怪到我頭上喔。」
游慧妤做了個大鬼臉。
「還說咧，要不是為了妳，我怎麼可能會跑去那裏？」
「為了我？」
「妳是有失憶症喔？古瑄慈死時，我去那裏幫妳找手機；蔣俊生死時，我去那裏還鑰匙給妳。」

「咦？對喔。」

「對喔……」程伊玲作張牙舞爪狀：「始作俑者，還不就是妳？」

「你這樣說，我也無話可講。」游慧妤當場氣勢矮了半截：「就當是我欠妳的人情吧！」

「妳欠我的人情可多了咧，還得起嗎妳？」

「這……」

詞窮的游慧妤兩三下子就招架不住了。捉弄起她來，一點也不過癮。

「大人不計小人過，這次就先饒了妳。」

程伊玲一筆勾銷後，游慧妤這才放寬心：

「古瑄慈也真是悲情。」她說：「還這麼年輕，就連同肚子裏的骨肉一起走了，壞就壞在她沒計畫好就未婚懷孕。所以呀，安全性行為很重要……」

「這位小姐，妳搞錯重點了吧？」

「有嗎？」

「應該說她愛錯人了，愛到恐怖情人！」

「也是啦……」

「她死前那段時間，為了懷孕以及與蔣俊生談判結婚的事一副若有所思的樣子，還跟我說她煩都煩死了、一個頭兩百個大……」

兩百個頭？那會是有多大啊？游慧妤試想著。

「當時我人在狀況外，還以為她在煩的是被吊死鬼騷擾的事呢。」程伊玲皺著眉自怨自艾：「現在回想起來，我真是個不折不扣的大笨蛋！」

「妳真是個不折不扣的大笨蛋……」

「喂！我自己說我自己就夠了。妳一邊涼快去吧！」

「幹麼這樣？」

「呵呵。」

「啊！妳剛講到被吊死鬼騷擾……」

「怎麼了？妳最近也被纏上了？」

「那倒沒有。」

「那就好。我就說妳狗屎運不錯嘛！」

「不過，我在來教室的路上有被騷擾。」

「是哪個不要臉的變態啊？」

游慧妤楚楚可憐地比出個「勝利」，不，是「二」的手勢。

「變態有兩個？」

「他們是學長，不是變態啦。」

「變態就變態，還什麼學長？」

音高八度的程伊玲捲起袖子。游慧妤忙道：「他們真的是大三學長啦，而且是學會幹部。」

「學會幹部又怎樣？」

「請息怒。而且，他們不是為了我，而是為了妳的事來騷擾我。」

「我？」

「是啊，他們一直逼我回答，妳聖誕夜有沒有局？」

「干他們屁事啊？」程伊玲勃然大怒：「這兩個變態的外型有什麼特徵嗎？」

「一個頭髮染金色，一個瘦得像鬼……」

「果然就是變態樣！那妳怎麼回答他們？」

「我說我不知道啊。可是他們不相信，還脅迫說，我要是不講就不放我走。」

「妳敢說他們是學長，而不是歹徒嗎？」

「後來我只好鬆口說，妳應該沒局吧。」

「那他們怎麼說？」

「他們強行在我手機裏錄了一段影片給妳……」

程伊玲搶過游慧妤的手機一看，在螢幕上像蟲一樣在學校行政大樓前蠕動上半身的兩個痞子，正是上個月在必修課的大教室裏對她出言不遜的金髮男與乾瘦男。

「呼叫臭臉正妹、呼叫臭臉正妹，妳被通緝了！妳被通緝了！」

兩人一個跳著街舞、另一個跳著機械舞說。程伊玲對螢幕嗆道：「什麼東西呀？通緝你們個頭啦！」

「聖誕夜，晚上八點起，我們三系學會合辦的聖誕舞會，妳一定要來唷！」不知是兩人中的哪一個將手機鏡頭轉向負責拍攝的游慧妤驚恐又無助的臉：「不然，我們就會把妳的朋友淩虐至死。哈哈哈……」

「爛人！」

程伊玲罵道。畫面轉回在跳舞的兩人後，金髮男對著鏡頭飛吻：「想救妳朋友的性命，就快來吧！」

「等妳唷！」乾瘦男也雙掌捧著下巴說。

影片到此結束。程伊玲氣呼呼地把手機還給游慧妤：「太下流了！」

「我把影片刪掉。」

「不是刪不刪掉的問題好不好？」程伊玲義憤填膺：「他們衝著我來還不夠，把妳也給拖下水？」

「Sorry……」

「又不是妳的錯，妳sorry什麼啦？」

「……」

「好！非要我去聖誕舞會是不是？」程伊玲握拳看著教室外：「老娘就去好好教訓你們這兩個猴囝仔！」

第八章　公寓

1

聖誕節後第三天，中午十二點四十分。

幫忙范苡薰搬行李的時刻將近。永遠穿黑夾克、卡其長褲的彭威愷與穿桃紅、深藍相間的橫條紋上衣與牛仔褲的程伊玲一高一矮，從學校側門步行而出。

站在十字路口等紅燈的時候，程伊玲仰首譏諷彭威愷說：「放你在外面趴趴走，實在太可惜了，應該把你陳列在博物館裏才對。」

「為什麼？」

「像你這種沒有在騎機車的男大學生，現在已經絕跡啦，就跟恐龍一樣。」

「還好吧？」彭威愷泰然自若：「騎機車是肉包鐵，太危險了。搭公車與捷運不是很舒適嗎？」

「重點是，我們要去的地方是公車與捷運到不了的，要走路才能到！」

「偶爾活動一下筋骨也沒差啊。」

「你沒差，我有差。」程伊玲轉動踝關節，責備彭威愷道：「本小姐的鞋底，只能踏足到貴婦百貨公司、高檔賣場以及精品購物商城之類的地方。」

「妳此話當真？」

「別的地方一踏下去，我的鞋底就會開始腐蝕，還會爆炸。如何？怕了吧？」

「不怕。妳可以把鞋脫了；或者我抱妳走。」
「好爛喔，這兩樣我都不要！」
「那妳要怎樣呢？」
「你快去弄一臺機車來啦！」
「妳是要我去哪裏弄機車啦？偷喔？」
紅燈變綠燈。她們連過兩條馬路後，轉進便利商店坐落的巷子裏頭。
「路走多了，我的膝蓋會痛你知不知道？」
「甜心學妹，妳老人啊？還有風濕病？」
「你才有風濕病呢！」
「我瞭了。妳不是有風濕病，是有公主病！」
「屁啦。我是公主，但沒有病！」
「沒有病嗎？」
「當然沒有。我頭好壯壯，是健康寶寶呢！」
「健康寶寶是嗎？那妳鼻樑上那副近視眼鏡是怎麼回事啊？」
「近視眼哪算病啊？」
「對一般人來講可能不算什麼，但對妳就不一樣了。」
「為什麼？」
「因為，妳有快要兩千度的深度近視啊！」
「什麼快要兩千度？你不要亂講。」

「不然幾度？妳說。」

「……左眼一千七。」

「右眼呢？」

「……一千八百五十度。」

「那不是快要兩千度是什麼？我問妳，妳如果不戴眼鏡，能看見什麼東西？除了睡覺，妳還能做什麼事？」

「我能……」

程伊玲百口莫辯。

正如彭威愷所言，她如果不戴眼鏡，什麼東西都看不見；除了睡覺，什麼事也不能做。

在三天前的聖誕舞會上，她就因此身陷險境，而承蒙彭威愷搭救。

三天前的聖誕夜，三系學會合辦的聖誕舞會……

地點在體育館地下一樓的大禮堂。晚上八點半，程伊玲抱著「破釜沉舟」的決心，盛裝赴約。

在禮堂門外顧攤位的五、六名男生打屁的打屁、滑手機的滑手機，見她走來，一個個喜出望外。

「程伊玲學妹啊，歡迎歡迎……」

這些生面孔卻都叫得出她的名字。程伊玲將手伸進錢包裏問道：「入場費多少？」

「五百。」攤位中有位與程伊玲有一面之緣的本系大三學長說：「不過，妳享有正妹的半價優待。」

「兩百五十元嗎？我還以為我可以免費呢。」程伊玲有意找碴：「看來我還不夠正嘛。」

「別這樣，我們辦這個舞會也是有財務壓力的。」大三學長陪起笑臉：「但是，假如妳手頭很緊的話，不付錢也不要緊。」

「你們不是有財務壓力嗎？」

「我就幫妳墊錢，自行吸收囉。」

程伊玲不想佔人家這個便宜。付了錢後，她走進大禮堂。

禮堂內的人潮並不擁擠，約略六成滿上下。一來時間還不夠晚；二來市區夜店多采多姿的聖誕夜活動，贏得更多本校學生的青睞。

在絢麗的七彩燈光下，程伊玲逢人就問起金髮男與乾瘦男的下落。終於有個下巴戽斗的女生聽了描述後四下張望，然後往禮堂前方的ＤＪ區指了指。

只看到ＤＪ區聚了十幾個人在，有男有女。程伊玲將體內的戰鬥指數提升到頂點，直衝而去。距離愈近，金髮男與乾瘦男在十幾個人中的身影就愈加明晰。

「喂！我說你們兩個，吃飽了撐著，沒事找我朋友麻煩幹麼？還錄了那麼弱智的影片？」

「臭臉正妹？哇，終於等到妳了！」

金髮男伸長脖子，把臉轉向在ＤＪ區外叫囂的程伊玲後說。乾瘦男也向前跨出一步，道：

「太好啦，我們的聖誕舞會有救了！」

「你們還沒回答我的問題咧！」

程伊玲無視圍觀的眾人繼續喊叫。金髮男張開雙臂迎了上來；

「歡迎歡迎。唷，妳今天戴眼鏡？很好，已經有在外面過夜的覺悟了……」

「覺你個頭啦！」

「聖誕夜，火氣不要那麼大。」乾瘦男從DJ台上端起一隻斟滿臺啤的玻璃杯給程伊玲：「來來來，乾完了這杯，再說吧。」

「乾就乾，還怕你們嗎？」

程伊玲搶過玻璃杯，咕嚕咕嚕地海灌起來，再把空杯遞還給乾瘦男。

乾瘦男接回空杯後，心有靈犀地與金髮男與對望了一眼。

金髮男向程伊玲鼓掌叫好後，又倒滿一杯啤酒給她：「對嘛，這樣才是乖學妹。來，再來……」

「幹麼又要我喝？」

「妳剛剛喝的那杯是算他的，這杯是算我的。」金髮男說：「兩杯都喝了，妳才有資格叫我們回答問題啊！」

程伊玲接過玻璃杯，再乾。

「好。臭臉正妹，妳有什麼問題？」金髮男問。

「你們為什麼要找我朋友的麻煩？」

「我們沒有找妳朋友的麻煩啊。」

「還說沒有？你們不是在半路上攔截她？」

「這是第二個問題。乾完這杯，我們才能回答。」

金髮男說完，程伊玲手上的空杯就被乾瘦男換成了滿杯。她未假思索，又喝了起來。

「答案是，我們是在半路上偶遇她，並沒有攔截她。」

「你們一直不放她走，不是嗎？」

程伊玲沒話講完，乾瘦男又拿了一杯啤酒舉到她嘴邊。

數杯黃湯下肚後，程伊玲不勝酒力，被金髮男與乾瘦男「請」到牆邊的座位坐下。

未幾，她衝去廁所狂吐，再蒼白著臉，搖搖欲墜地回來。

「學妹，妳這樣不行喔。」

「還是不要硬撐下去啦，該休息就去休息吧。」

金髮男與乾瘦男假好心要送程伊玲回家，被她一口回絕：「你們還沒回答我的問題咧。」

「是是是。來，先喝點水解解酒……」

程伊玲喝了半杯，才警覺到乾瘦男塞給她的不是水，還是啤酒。

「怎麼樣？精神有沒有恢復一點？」

是雪上加霜，怎麼可能有所恢復？程伊玲很想回罵金髮男，但她頭暈目眩，身不由己。

「快了快了，快倒了……」乾瘦男的聲音興奮無比。

程伊玲勉力揮過掌去。然而，肌肉已經鬆軟的她沒能命中乾瘦男的馬臉，掌緣卻掃落自己鼻樑上的鏡框眼鏡。

眼前的景物一片混沌。

她抖著手摸自己的臉，摸不到任何東西。

「我的眼鏡不見了……」

金髮男與乾瘦男巴望著程伊玲不省人事，好讓他們「撿屍」，所以鳥都不鳥她的哭訴。

程伊玲唯今之計，是趁眼皮愈來愈重、愈來愈想睡之前逃離這裏。但沒有眼鏡的她視茫茫，談何容易？

猶疑間，金髮男與乾瘦男已手腳並用地攙扶起她起來。她筋疲力竭，再也無力抗禦，只能任他們宰割。

……我就要失身給這兩個渾蛋了嗎？

她眼前一黑。千鈞一髮之際，耳朵聽到了別的男聲。

好像是彭威愷的聲音。

在彭威愷的聲音中又交疊著金髮男與乾瘦男的聲音。就這樣，不知過了多久……

程伊玲的唇邊，出現了玻璃杯口的觸感。

她直覺性地吞嚥著杯中的液體。不是酒，而是白開水。

她貪婪地一飲再飲。不曉得多少杯後，她的視線開始恢復了。

從旁扶住她的人從金髮男與乾瘦男變作了彭威愷。她鼻樑上眼鏡的沉重感，也回來了。

「甜心學妹，自己的眼鏡掉了不撿，還要我撿啊？」

彭威愷唸道。程伊玲罵不出口，只能推扶眼鏡柔聲以對：「人家的近視很深，看不到眼鏡掉在哪裏了。」

「下次可要當心點。」

「金髮男與乾瘦男那兩個渾蛋呢？」

「他們呀？」彭威愷一語帶過：「因為對妳意圖不軌，所以就被我給趕跑了。」

「是嗎？」

程伊玲東看西看，禮堂內再無他們兩人的蹤跡。

「你怎麼會來這裏？」

「我？」彭威愷彷彿被問了天底下最好笑的問題似地：「不就跟妳一樣，來參加我們三系合辦的聖誕舞會嗎？」

「你這種人也有閒情逸致參加舞會？」

「妳歧視喔？」

還想酸個幾句的程伊玲打了退堂鼓。她看著彭威愷的花椰菜頭，起心動念道：「喂！」

「幹麼？」

「我不想留在這裏了。」

「大小姐脾氣又發作了，嫌無聊啊？」

「反正我就是不想留在這裏了。」程伊玲故作姿態說：「你要不要陪我出去走走？」

「陪妳走走？」

彭威愷手足無措起來。

「不要嗎？」

「不不，怎麼會不要？我起肖才不要呢……」

2

追憶間，程伊玲與彭威愷已來到死巷內的「阿貴」蚵仔麵線店那「不好吃免錢」的招牌前。

今天坐在麵線攤後發呆的，卻是個程伊玲未曾謀面過的老頭。她福至心靈，吩咐彭威愷道：

「你到十三號樓下等我。」

「妳要幹麼？」

「我有點事……」

「什麼事？」

「哎唷，問那麼多？你去樓下等我就是了啦！」

「好啦好啦……」

支開彭威愷後，程伊玲將她平口長褲口袋裏的手機開啟錄音功能後，再挨近麵線攤前，朗聲說道：

「不好意思。請問，鍾立明在嗎？」

「鍾立明？他不在啊。」

「喔？他去哪裏了啊？」

「誰知道？他沒有跟我說。」老頭操著淡淡的客家口音，搖著鬆垮的臉皮答道。

「又消失了？每次都這樣。」

「妳撥他的手機號碼吧。」

「你……是鍾立明的爸爸吧？」

「嗯嗯。」

程伊玲將面部線條放柔、聲調裝嬌，微扭著身軀說：「鍾伯伯你好，我姓『游』，是鍾立明的好朋友。」

普天下的男性大都吃這套。鍾伯伯放下警戒，斜著嘴角笑笑，露出被煙薰得黑黃的爛牙。

「妳是鍾立明的好朋友？」

「很好很好的好朋友喔。」

程伊玲以曖昧的語氣，加重「好朋友」這三個字。

「妳們認識多久啦？」

「就……兩個月。」程伊玲搬指頭數著：「從上個月到現在。」

「沒多久嘛。妳們不是在學校認識的？」

「不是啦，是在這裏。」

「妳二十歲了沒有啊？」

「上個月剛滿二十。」

「這麼小啊？真好、真好……」

與其是在羨慕兒子，程伊玲倒覺得鍾伯伯這話是說給他自己聽的成分大些。

她當機立斷，快刀斬亂麻道：

「鍾伯伯，你曉得我為什麼要找鍾立明嗎？因為，他有跟我打賭……」

「什麼『肚』？」

「不是肚，是賭。」程伊玲說：「打賭。」

「打賭？」

「對啊，鍾立明有跟我打賭。」

「小小年紀地，你們賭什麼賭啊？」

「跟發生在你們這附近，一個三十年前的舊聞有關。三十年前喔！」

程伊玲猝然住嘴，試圖吊鍾伯伯胃口。

薑還是老的辣。程伊玲不講，鍾伯伯也不著急。

「是一位叫戴秀真的女大學生。」

程伊玲只好往下說。聽到戴秀真的名字，鍾伯伯搭了腔：「妳是怎麼知道她的？」

「就鍾立明說的啊。」
「這『細人』還跟妳說了什麼？」
程伊玲好像在課本裏讀過，「細人」在客家話裏是「小孩」的意思。
「能說的都說啦。」
「他都說了些什麼？」
鍾伯伯不覺嚴厲了起來。程伊玲身子曲了曲：「說她三十年前住在你們斜對面的四樓……」
「還有咧？」
「她是自殺身亡的。」
「還有咧？」
「死前，她肚子裏還有小孩。」
「還有咧？」
「讓她懷孕的是她當時交往中的男朋友。」
「還有咧？」
「她死後，那個房間就開始鬧鬼了。」
「還有咧？」
「就沒啦。」
程伊玲選擇性地回答。戴秀真的男朋友是個中年大叔、而且還是有婦之夫等等，她就避而不談。
「那妳們在賭些什麼呢？」
程伊玲想了想，胡謅道：「鍾立明認為，戴秀真她並不是自殺，而是被人殺害的。」

「呸！他憑什麼這麼認為？」

「他說，問你就知道了。」

鍾伯伯拄著拐杖站起身，用客語嘰哩咕嚕地罵出一長串話來。程伊玲看著他裹著石膏的右腳，一個字也聽不懂。鍾伯伯又坐回到麵攤後，手搓著他斑白的平頭：

「這可不能亂講話，這可不能亂講話……」

「鍾伯伯……」

「什麼被人殺害？他哪知道？妳不要聽我兒子的。」

「可是鍾立明說……」

「什麼鍾立明說？就叫妳不要聽他的。」

一問三不知，與兒子反其道而行。鍾伯伯怕事的心態，昭然若揭。

「那麼，我可以問鍾伯伯你一個問題嗎？」

「妳還有什麼問題啊？怎麼那麼多問題？」

鍾伯伯擺明在刁難，因為這才是程伊玲首度向他發問而已。

「當年，戴秀真都沒有來你這邊吃過東西嗎？」

「吃東西？這個有，是有啊……」

「有對不對？」

「我這裏是賣吃的，她當然會來啊。」

「她常來嗎？」

「這個……每個禮拜都會來啦。」

「每個禮拜都會來幾次呢？」
「好像……兩、三次吧。」
「兩三次喔？這樣，她也算是常客囉？」
「沒辦法，我東西好吃嘛。不然怎麼敢叫『不好吃免錢呢』？」
「既然她是常客，你對她一定有印象吧？」
「有印象。而且，她也長得不錯嘛！」
「你們一定也有講過話吧？」
「講話？有，是有講過……」
「所以你是認得她的囉？」
「我認得的客人很多啦。」
「她很健談嗎？」
「劍潭？妳是說……那個士林那邊的那個劍潭喔？」
「不是啦。我是說，她話很多嗎？」
「話很多？還可以啦。不算多，也不算少……」
「她有沒有跟你講過，她跟她男朋友的事？」
鍾伯伯遲疑了一下。
「我是賣麵線的，她跟我講這些幹什麼啦？」
「她沒有跟你訴苦？」
「訴苦？訴什麼苦啦？」

鍾伯伯的尾音分岔。

「或者，你有偷聽過她跟別人的談話？」

「沒有沒有，她都是一個人來吃的啦。」

「她都沒有跟你講過，她那位害她懷孕的男朋友是誰嗎？」

「這我怎麼會知道？」

「她男朋友來她住的地方找她的時候，你都沒有看過他人嗎？」

「……沒有。」

「可是，從你店裏往斜對面的公寓看，不是輕而易舉嗎？」

「我都在忙著做生意咧……」

「她們沒有一起出現在你的視線範圍過嗎？」

「沒有沒有，沒有出現過……」

「你知道她懷孕的事嗎？」

「不知道、不知道……」

「所以，你也不知道她男朋友是誰囉？」

「不知道。」

「可是，鍾立明說你知道耶。」

「就叫妳不要聽他的嘛。」鍾伯伯拒不合作的拗勁死灰復燃：「好了好了，不要再問啦！」

「鍾伯伯……」

「都三十年前的事了，我什麼都不知道！什麼都不知道！」

3

程伊玲離開「阿貴」蚵仔麵線店後，走到斜對面公寓的十三號樓下與彭威愷會合。

「有收穫嗎？」

「不知道耶。可能有，也可能沒有。」

程伊玲按下四樓的電鈴。兩分多鐘後，樓下的大門才向內彈開。

范苡薰的動作還是一樣慢。上到二樓時，程伊玲與一位走下樓的面善老人錯身而過。

老人穿墨綠色的皮夾克，滿頭黑髮、虎背熊腰、雙目炯炯有神……

程伊玲拔尖了嗓子道：「你，就是雷伯伯吧？」

老人停下步伐，眼神輕蔑地在程伊玲的帆布鞋上掃了掃。

「妳哪位啊？」

是外省口音。上次陪游慧妤去交房租時，程伊玲人縮在暗處，並沒有被這位雷伯伯的利眼逮到。

「我姓程，我同學姓游，是住在你這邊的房客。」

直到與程伊玲的臉打了照面，雷伯伯的眼神才柔和了起來。

「喔，是個年輕小妞啊。」

「雷伯伯，你剛從四樓下來嗎？」

雷伯伯把一口濃痰含在嘴裏，既沒回答「是」，也沒回答「不是」。

程伊玲又問：

「你是去找范苡薰學姊嗎？」

「妳也認識范小妞啊？」

「我們很熟的。」

「既然我這裏的房客妳都認識，那妳跟她們講一下，為什麼沒有一次準時繳房租？」雷伯伯聲若洪鐘：「像范小妞，她今天都要搬走了，上個月的房租還給我欠著。如果我不來上門催討，不就被她白佔了便宜？」

「嗯……學姊是有點健忘沒錯。好，我會跟她講。不過，我同學游慧妤是很乖的，她都會看緊每個月繳房租的期限，絕不會拖欠。」程伊玲幫游慧妤開脫。

「妳說妳的同學很乖啊？」

「是啊。」

「那小妞妳呢？」

「我？」

雷伯伯神色自若：「妳乖不乖啊？」

這老不修，吃起我豆腐來了。程伊玲裝萌道：「乖，我很乖。」

「真的嗎？有多乖？」

「這……我最乖了。」

「妳一隻手伸給我，我看妳乖不乖。」

「手伸給你喔？」

雷伯伯不是要看手相，而是把程伊玲嫩白的手放在他自己的手心上，來來回回地撫摸著。

怪老頭，有這種癖好喔？

程伊玲忍辱負重，讓他摸個夠，才抽回手。
「乖就好。」他不正經地笑著：「我就怕妳不乖。」
程伊玲暗罵了句髒話後，故意說道：「可是，有人不太乖呢。」
「小妞妳說誰不乖啊？」
「我聽說三十年前，有一位住在這裏的女大學生戴秀真就不怎麼乖。」
雷伯伯停頓了幾秒鐘。
「妳說戴……」
「她不知檢點、搞七捻三，還和一個有婦之夫打得火熱……」
雷伯伯終於面朝牆角，把嘴裏的濃痰全吐了出來。
「妳這小妞，是從哪邊聽來這些謠言的？」
他收起不正經的笑容，看著牆壁，抽動微紅的酒糟鼻頭。
「就是斜對面那家蚵仔麵線店的鍾老闆說的啊。」
雖然大嘴巴的並不是鍾老闆而是他的兒子，但程伊玲只管張冠李戴、瞎攪和一氣。
「是賣麵線的說的？」
「是啊。」
「是他說戴秀真和有婦之夫打得火熱？」
「是啊。」
「還說戴秀真不知檢點？」
「是啊。雷伯伯，你認得鍾老闆嗎？」

「不認得。」雷伯伯徒手梳理鬢髮，眼神睥睨：「就是個賣麵線的而已，我要認得他幹麼？」
「那麼，他說的是不是真的啊？」
「什麼東西是不是真的？」
「戴秀真的事啊。」
「哼。」
「雷伯伯？」
「這不干妳的事吧，小妞。」
雷伯伯三緘其口，避重就輕。程伊玲摸摸鼻子，鍥而不捨地問：「戴秀真是你的房客吧？你都不知道她的事嗎？」
「……」
「那位有婦之夫是誰呢？」
「我說小妞，這不干妳的事吧。」
將老人斑點密佈的右手掌在樓梯扶手上抓了又放、放了又抓後，雷伯伯抽動起酒糟鼻頭，動身下樓。
「雷伯伯，你要去哪裏啊？」
「妳還真嘮叨咧。」雷伯伯繼續邁步：「范小妞要搬走，這裏又少了一個房客，我得回去貼租屋廣告啦。」
「這裏都死那麼多人了，你還要出租啊？」
「不出租收租金，妳要我喝西北風啊？」
「即使鬧鬼，你也要出租？」

雷伯伯留步。

「鬧鬼？鬧什麼鬼？」

「脖子上纏著跳繩的吊死鬼啊。」

「什麼吊死鬼？」

「戴秀真死後化成的吊死鬼啊。」

「戴秀真？瞎說！」

「是真的。她還會對後來的房客嚷嚷著『黑窩、黑窩、壞黑窩，否則就勒死妳』呢！」

「什麼黑窩不黑窩的？小妞，妳瞎說什麼啊？」

「她說的其實是『小孩給我、給我、快給我，否則就勒死妳』……」

「小孩？」雷伯伯嗆咳道。

「三十年來，都傳得沸沸揚揚呢。」

「哪有這回事？」

「雷伯伯，你都沒有聽過嗎？」

「聽過什麼？」

「『吊死鬼的詛咒』啊。」

「哪有這回事？瞎說一氣！」

「都沒有人告訴過你喔？」

「沒有這回事！」

「是真的……」

「沒有這回事！沒有這回事！小妞，妳不要給我瞎說喔……」

老人變了調的嗓音，逐漸消失在樓下的大門外。

形同在程伊玲旁罰站的彭威愷這時才張口道：「欺人太甚……」

「有事嗎？」

「我是說妳這位雷伯伯欺人太甚啊。」彭威愷哀怨地說：「妳沒發覺嗎？那個老色鬼只跟妳講話，從開始到結束都不鳥我，當我是空氣咧。」

「哈哈，誰教我是甜心學妹，而你是花椰菜呢？」

「妳說我是花什麼？」

「沒事。上樓吧！」程伊玲說：「不過，你要先陪我去頂樓走一走。」

「頂樓？去頂樓幹什麼？」

4

由於地形的關係，頂樓的視野比起周圍的建築物都來得居高臨下。

這棟公寓的住戶還算守法，並沒有在頂樓的地磚上加蓋任何違章建築，只有在北側三排固著式的木頭曬衣架上，搭建了一個長、寬約七、八公尺的簡陋遮雨棚。

曬衣架上空蕩蕩的。風吹過去的時候，塑膠製的遮雨棚就會砰砰作響。

程伊玲站在遮雨棚底的地磚區，從地磚邊緣的矮牆低下頭去，就能俯視到十三號四樓前陽臺裏的油漆罐、帆布、鐵條、木板、梯子、兩具空電纜軸、粗麻繩、磚塊，以及分屬范苡薰和游慧妤的七、八雙女鞋。

粗麻繩的長度有所縮水。因為短少的部分被蔣俊生以美工刀截除，拿去上吊用了。

頂樓南側則矗立著一具醜醜的水塔，沒啥看頭。

「甜心學妹，夠了吧？可以下去了嗎？」

令人掛心的是，在遮雨棚底的地磚區上，印著一左一右兩個直徑約一公尺的圓形痕跡。

痕跡是簇新的。程伊玲蹲下來橫看直看，也看不出是什麼名堂。

這是什麼呀？

她陷入沉思。時間就這樣，一分一秒地流逝而去。

為什麼會在這裏呢？

想破了頭。如果不是彭威愷蜷縮在寒風中苦苦相求，死心眼的她還不肯罷休呢。

「學姊，久等了。」

程伊玲一進到堆疊著一落一落瓦楞紙箱的客廳，就對已著裝完畢、正忙進忙出的范苡薰說。

「久等？有嗎？」

讓別人乾等，或是別人讓她乾等，缺少時間概念的范苡薰均無感。

「我在樓梯間巧遇妳的房東雷伯伯，攀談了幾句，因此耽擱了。」

「雷伯伯？對呀，他來向我收上個月的房租。」

程伊玲指指她身後的彭威愷：「學姊，我把苦力帶來啦。」

「生力軍來了？好極啦。」范苡薰對彭威愷眉開眼笑：「就拜託你啦！」

「東西都打包好了嗎？」

程伊玲問。范苡薰掃視著瓦楞紙箱說：「差不多了……」

法式香頌歌曲的來電鈴聲響起。范苡薰從上衣口袋內拿出手機，應道：「是順風搬家嗎？你們到樓下了喔？好，我現在就把行李運下去……」

「咦？你怎麼還在這裏？」程伊玲回看彭威愷道：「沒聽到學姊用手機講的話嗎？搬家公司已經到樓下了，快把行李運下去啊？」

「就我一個人嗎？」彭威愷哀聲嘆氣：「這裏少說也有二十箱哩……」

「你是男人耶！好意思教我們兩個弱女子運這麼重的東西？」

「是是是，我自己運就是……」彭威愷脫了黑夾克，開始幹活。

半小時後，客廳內的瓦楞紙箱通通淨空。

「任務完成……」

彭威愷刺眼的花椰菜髮型已被他滿頭的汗水壓成了扁豆。他向程伊玲報告完，便累得不成人形地趴倒在地。

此景此景，和范苡薰坐在沙發上聊是非聊了半小時的程伊玲見了，也於心不忍。

「念在你這麼賣命，本小姐有賞。晚上呢，請你吃大餐！」她也邀請范苡薰：「學姊，一起來吧。我請客！」

范苡薰搖搖頭。

「就要搬走了，學姊妳不慶祝一下啊？」

「就是因為搬新家，所以我有好多事要忙呢。」范苡薰婉謝道：「妳們兩個去吃吧。」
「就我們兩個？」程伊玲看看彭威愷那活像睡癱在街頭的流浪漢樣：「這樣好嗎？」
范苡薰顧左右而言他：「搬家公司的車還在等我呢，我得下樓了。」
「喂，學姊，妳的新地址還沒給我呢。」
「啊，對，我都忘了。」范苡薰向程伊玲伸出左手：「來，妳手機給我，我直接輸入。」
「謝啦。」
程伊玲將手機拿給范苡薰。這一次，范苡薰上的指甲油是黑色的。
她埋頭一邊滑著螢幕，一邊說：「希望下次見面時，妳的結膜炎已經痊癒了。」
「是啊，就不用再架著這副鏡框眼鏡啦，又笨重又不方便。」
程伊玲再同意不過。這副又笨重，又不方便的鏡框眼鏡……
沒有眼鏡，就什麼都看不見，有如聖誕舞會那夜一樣。
又有如，古瑄慈生命中的最後一夜那樣。
沒有眼鏡，就什麼都看不見……
這句話宛如當頭棒喝，向程伊玲重擊而來。
眼鏡、鼻墊、鼻墊貼、房門的開關聲……
她將頸部轉往三個房門的方向，思緒回到古瑄慈橫死的時刻，腦袋飛也似地運轉著。
再過來，她的思緒躍進蔣俊生自殺的那天下午。
傾倒的梳妝台……
套在蔣俊生脖子上的麻繩……

蔣俊生的遺書……

還有，Cécile這個名字……

「妳怎麼了？發什麼呆？」

范苡薰在程伊玲耳邊喊了好幾聲，才把程伊玲從冥思中拉了回來。

「喔，沒什麼，我在思念以前養過的一隻叫Jessica的貓咪……」

程伊玲也滿能掰地。事實上，她已然憑著自己的邏輯思考，將古瑄慈與蔣俊生兩案的謎團撥雲見日。

「是嗎？我也有養一隻叫『大胃王』的暹邏公貓喔。牠平均三天，就能吃完一袋貓食呢。」

「牠是被養在妳的老家裏吧？」

「是啊，這裏怎麼養呢？」

「學姊，妳老家在苗栗吧？」

「對的。」

「所以妳會客家話囉？」

「馬馬虎虎啦。聽還可以，說就……」

「那妳可以幫我翻譯一下我手機裏錄到的一段話嗎？」

程伊玲從范苡薰手裏拿回手機，一陣操作後，播放出剛剛「阿貴」蚵仔麵線店的鍾老闆罵的一長串客語。

范苡薰聽後笑道：「好險，這我還聽得懂。」

「他說什麼？」

「他的意思是，這個死小孩，跟他講過那麼多次，叫他不要翻我抽屜裏的筆記本，他還是不聽。這個死小孩、這個死小孩、這個死小孩。」

范苡薰說。

5

天色突然暗了下來。

程伊玲眨了眨眼後，周圍的景色一變，本來應該坐在客廳沙發上的她，不知道為什麼瞬間移動，跑到了古瑄慈的房間裏。

怎麼搞地？

而且，不知道是有人惡作劇還是程伊玲自己手賤，房門從外面被反鎖了。不，既然房門是被反鎖的，就應該不是她幹的才對。

她隔著房門，高喊起范苡薰的名字，但范苡薰並沒有回應。

因此，想要離開古瑄慈的房間，只能打開窗戶跳進前陽臺，再從前陽臺回到客廳。可是……

窗外黑鴉鴉地。

感覺一打開窗戶，戴秀真學姊化身的吊死鬼就會出現。程伊玲只好坐在古瑄慈的床上乾等，提心吊膽。

手機也忘了帶進房間裏來，該死。沒有手機，什麼事情也做不了。

一個小時過去了、兩個小時過去了……

程伊玲還是一直堅守在古瑄慈的床上，不時偷看窗外。

黑窩、黑窩、壞黑窩……

否則就勒死妳……

程伊玲時刻做好最壞的心理準備，但耳朵遲遲沒有聽見吊死鬼詛咒的聲音。

她應該快來了吧？

她應該要來了吧？

她應該已經來了吧？

在哪裏？窗外？房間內？床底下？我的旁邊？我的後面？

她到底在哪裏？還是……她默默地黏在我的背上，而我完全沒有感覺？

好噁呀！討厭！討厭！

患得患失了好幾個鐘頭之後，天終於亮了。

朝陽從窗外照進房內，刺得程伊玲眼睛睜都睜不開來。不過，總算是有驚無險，得救啦。

還好……

平常沒做什麼虧心事，而且我又沒有懷孕，身邊也沒有帶著小孩，所以戴秀真學姊就這麼放過我啦。

害我白白嚇出一身冷汗來。

不過，范苡薰學姊她到底在幹什麼呀？把我反鎖了那麼久，為什麼還不來幫我開門？天都亮了，這低級的惡作劇也該結束了吧。

再不來開門，老娘可要翻臉啦。

正當程伊玲喘了口氣，從床上起身時，不經意瞥了梳妝台的鏡子一眼……

直把她嚇得魂飛魄散！
因為，映在鏡中的並不是她自己的臉，而是一個長髮覆面的紅衣女鬼！
是戴秀真！
怎麼會這樣、怎麼會這樣啊……？
我、我怎麼會變成吊死鬼了啊？我被附身了嗎？
而且，套在脖子上的跳繩愈收愈緊、愈收愈緊，簡直無法呼吸……
唔，好痛苦。
救命呀、救命呀……

接著，房間天搖地動起來。
程伊玲睜開雙眼，原來是她躺在沙發上睡著了，被范苡薰給搖醒。
大門、窗戶、電視、茶几、沙發、收納櫃。總算，又回到安全的客廳了。
「怎麼了？」范苡薰料事如神：「看妳的臉色那麼難看，該不會是做噩夢了吧？」
是夢、是噩夢……
幸好，那一切都不是真的。程伊玲好想、好想就這麼抱住范苡薰，然後大哭特哭一場。

6

程伊玲與彭威愷在十三號樓下送走搬家公司的小貨車，以及坐在小貨車副駕駛座上搭便車的范苡薰。
「才下午三點鐘咧。」彭威愷看著自己的手機螢幕說：「不知道要幹什麼……」

「你不是很累嗎？可以回去睡覺啊。」
「我的疲勞已經恢復了。」
「就靠在客廳地上打個盹？」
「年輕，就是本錢。」
彭威愷鼓起上臂肌肉，豪情萬丈。程伊玲指向他的扁豆頭說：
「等你的髮型也恢復了，再臭屁吧。」
「唉……」
一刀就斃命。彭威愷垂頭喪氣，無話可說。
忽地「咚」一聲傳過來。程伊玲向聲響處看去，是「阿貴」蚵仔麵線店的門口。
俯面倒在店門口的人，正是老闆鍾伯伯。
程伊玲扯著彭威愷的衣袖奔了過去。鍾伯伯面色白得像紙，雙目緊閉、嘴巴微開，四肢動都不動。
程伊玲往麵線店內看去。正當非用餐時間，店內半個客人也沒有。
她蹲下去對鍾伯伯喊道：「你還好嗎？」
連喊三、四聲，鍾伯伯才咬牙切齒地說：「……痛死我囉。」
「你怎麼啦？」
彭威愷看了看立在麵攤後的拐杖，說：「可能是他沒帶楞杖就走路，摔倒了。」
「這一跤摔得不輕啊。」程伊玲問鍾伯伯：「你站得起來嗎？要不要我們扶你？」
鍾伯伯沒搭話，不斷搖頭。
「還是請你的家人來扶你？」

「沒人……沒人在家。」

鍾伯伯說。彭威愷說：「我看，要不要叫救護車？」

「對對對，你快打電話啊！」

程伊玲一聲令下，彭威愷取出手機滑著，然後對著手機「咿哩哇啦」起來。

彭威愷掛上電話後，程伊玲站起來問道：「怎麼樣？」

「救護車十分鐘後到。」

「十分鐘？那你手腳得快一點了。」

「啊？快什麼？」

程伊玲對彭威愷耳語：

「你有看到麵線店內，通往樓上住家的樓梯嗎？」

「……有啊。」

「樓梯盡頭的門，是開著的對不對？」

「……對啊。」

「鍾老闆的房間抽屜裏有一本筆記本，裏面記載了有關戴秀真的事。」程伊玲輕輕拍彭威愷的臂膀：「你去把它拿出來。」

終章

1

跨年夜前兩天。

上午十一點鐘，穿黑上衣與黑長裙的程伊玲與彭威愷搭乘穿越隧道的公車，在市立殯儀館這一站下車。

彭威愷的手上，提著一個白色的大塑膠袋。

進入大門時，幾座垂掛白色布幔的靈堂前皆堆滿花圈。難聽的嗩吶聲四起，震耳欲聾。著深色正式服裝進進出出的男女，將靈堂與靈堂間的通道擠得水洩不通。程伊玲與彭威愷就在這樣艱困的環境下，一步一步朝左手邊山坡上的靈骨塔邁進。

一位穿黑西裝的管理人員用鑰匙幫他們打開靈骨塔的赭紅色鐵捲門，並向上推到底。

小小的靈骨塔內，用來放置骨灰罈的十幾排架子也是紅色的。

「甜心學妹，知道編號是幾號嗎？」

「那我怎麼會知道？」

程伊玲托高自己鼻樑上的鏡架眼鏡，在一張又一張骨灰罈上的遺照間搜尋著。

絕大部分的遺照上都是老年人。有的遺照因為年代久遠，還被洗成黑白色的。

他們臉上的表情不約而同，都散發出濃鬱的哀愁。

「在這裏、在這裏。」
個子高就有這個好處。彭威愷伸頭在第三排紅架子的第三層中，找到了古瑄慈的骨灰罈。
程伊玲湊過身子看去。在罈上遺照中留一頭又直又順的長髮、睜開大眼而抿起小嘴的，正是古瑄慈。
或許是心理作用。程伊玲感到古瑄慈眼神中所傳達出的，盡是不甘心的悲慟。
程伊玲鼻中一酸，淚水在眼眶裏打轉。
彭威愷把塔內的供桌移到古瑄慈的骨灰罈前，用紅架上的打火機點燃桌上的香燭，再把帶來的塑膠袋打開，將袋內的東西擺列上桌。
全都是古瑄慈生前愛吃的泡芙、甜甜圈、鬆餅、蘋果派等甜食，還附帶了兩罐可爾必思。
程伊玲拉開其中一罐可爾必思的拉環，將鋁罐舉向罈上的遺照，彷彿又回到與古瑄慈對飲暢談的那兩個夜晚。
「除非，妳現在不再囉唆，好好跟我乾完這罐可爾必思，可能還會讓我好過一點。」
「是嗎？」
「如何？」
「乾就乾。怕妳啊？」
「不怕就乾杯！」
「乾杯！」
「乾杯！」
程伊玲才喝到一半，就嗆得直咳嗽。
「甜心學妹，面紙！」

程伊玲用彭威愷的面紙搗嘴擦去口水，並順道拭淚。
彭威愷從紅架上抽出四炷香來。他以燭火點香後，將兩炷香握在手上、另兩炷香交給程伊玲。
兩人對古瑄慈的遺照拜了拜。
「古瑄慈，一路好走！」
「古瑄慈學妹，一路好走！」
彭威愷接在程伊玲後說。程伊玲閉上雙眼默唸了幾句後，將一炷香遞給了彭威愷。
彭威愷連同自己的一炷香，將兩炷香插入桌上的香爐灰內。
程伊玲雙掌合什再對古瑄慈的遺照一拜後，對彭威愷說：「你該去找戴秀真學姊的骨灰罈了。」
「什麼？又是我？」
「怎樣？有疑問嗎？」
「古瑄慈學妹的骨灰罈，不就已經是我找到的嗎？」
「你是想一個人去跨年倒數嗎？」
「一個人？不、不，那多慘啊。好，我找就是……」
彭威愷高大的身軀在一排排的紅架子間起起伏伏，眼睛則像探照燈一樣在一個挨一個的骨灰罈上尋尋覓覓。
「好了沒有啊？」
「快好了、快好了……」
「好了沒有啊？」
「快好了、快好了……」

這段對話重播了七、八次後，彭威愷才在最後一排的紅架子那邊有了斬獲。

「在這裏、在這裏！」他說：「早知道，就從最後一排開始找起了……」

「你那邊太窄了，供桌擠不進去，你把骨灰罈捧來這兒吧。」程伊玲倚著供桌說。

「我有沒有聽錯？妳要我捧著骨灰罈？」

「是的。」

「這樣，會觸我霉頭……」

「什麼觸霉頭？你不要對死者不敬喔！」

「而且，我會怕……」

「你怕什麼啊？」

「她是吊死鬼啊。」

「你再婆婆媽媽，我就跟別人去倒數囉！」

程伊玲只要搬出這句話就無往不利。一分鐘後，戴秀真的骨灰罈就被彭威愷移駕到供桌上了。罈上的遺照與沈組長傳到程伊玲手機裏的照片是同一張。清湯掛面的短髮、渾圓的臉龐、白晰的膚色，細長而眼角上揚的雙眸、高高的顴骨、寬闊的鼻樑與鼻翼……

「學姊，戴秀真學姊，都三十年了。」程伊玲懇切地說：「可以放下了，妳的孤魂就安息吧。」

她與彭威愷兩人用手上僅剩的一炷香，對罈上的戴秀真遺照拜了三拜。

走出靈骨塔後，了結兩樁心事的程依玲頓覺一派輕鬆，下坡時的速度也一步快過一步。

提著塑膠袋的彭威愷在她身後苦苦追趕：「甜心學妹、甜心學妹……」

「幹麼？有事嗎？」

「那個……跨年倒數我們要怎麼約啊？」

「還有兩天，你急個屁啊？」頭也不回的程伊玲戲弄彭威愷道：「何況，我還沒決定是不是要跟你去呢。」

「妳說什麼？」

彭威愷手裏的塑膠袋滾落到地上。

「人家沈組長也傳簡訊來約我去倒數了。」

「沈、沈組長？哪個沈組長？就是那個沈組長嗎？」

「唉，本小姐我也是兩難啊。」

程伊玲停步說。彭威愷也呆立在原處：「員……員警在跨年夜應該是最忙的，他怎麼會有空啊？」

「人家排假排的啊，多有心啊！而且他又不是一般的員警！」

「我、我也很有心啊。」

「有嗎？不覺得耶……」

「喂！甜心學妹，我可是為了妳，還犧牲色相去搬骨灰罈咧！」

「這個聽起來，好像還好而已。」

「喔！怎麼這樣？」

「而且你哪有犧牲色相啊？」

「這是一種形容詞嘛。」

「形容你個頭啦。」

「喔，我的頭怎麼了？」
「好啦，跨年倒數的事，這兩天再看看啦。」
彭威愷撿起塑膠袋，在程伊玲身後亦步亦趨：「還要看看喔？人家很期待說……」
「期待？哼哼。」
「怎樣？」
「如果，我有一件曾經做過的事被你知道了，你還會這麼期待嗎？」
程伊玲這句話說得非常非常小聲，沒讓彭威愷聽見。

2

親愛的雷伯伯：

您好。會在跨年夜的前一天收到您的親筆信，令我萬分驚訝。

還在用手寫信的人已經是稀有動物啦。恕我冒昧，這可能跟您的輩份有關吧。

我最初以為，您可能是基於長輩對晚輩的關照，想知道我現下過得如何，好不好啊、開不開心啊之類的……

畢竟闊別以後，我們要再重逢，機會極為渺茫。

為報桃報李，閱讀您來信的時候，我也拾起荒廢已久的原子筆，同步回信給您。

然而，打開信紙一看，才發現不是那麼回事。

內容跟我預想的一點都不一樣。略過第一段的問候語不看，處處充斥著讓人寢食難安的惡意攻擊與控訴……

我就直說了吧，那分明是一封居心不良的信。舉例來說，您在第二段的頭一行就如此寫道：

打開天窗說亮話。殺害古瑄慈的兇手，真的是蔣俊生嗎？

雷伯伯，您怎麼還在老調重彈啊？

不是蔣俊生殺的，還會是誰殺的？案發當晚，只有他有下手的可能！

據警方調查，當蔣俊生十一點十分離開古瑄慈的房間、關上客廳的木門而去時，古瑄慈的房門就上了鎖。還在屋內的人既進不去她的房間，也沒人接近過她房間的窗戶。

警方也否決了由陌生外來者犯案的可能。

因此，兇手捨蔣俊生其誰。不過，警方並沒有他犯案的實質證據，對吧？

如果，兇手並不是他呢？

如果不是蔣俊生，而是在屋內的某人接近了古瑄慈房間的窗戶，並殺害了她呢？

在屋內的某人接近了古瑄慈房間的窗戶？雷伯伯，您是不是已經老糊塗啦？

您自己不是才在前面寫道，據警方調查，屋內的人沒人接近過她房間的窗戶嗎？

古瑄慈外，當晚在屋內的兩個人中，有一個人在古瑄慈死前都沒有離開過客廳；另一個人則是有離開客廳進入過自己的房間，也就是那間公寓的第三間房。

而那間公寓的格局，您這位屋主應該比誰都清楚才是。

第三間房與古瑄慈的房間並不相鄰，房內也沒有對外的窗戶。那個人就算有通天之能，也無法殺害在第一間房裏的古瑄慈啊。

眾所周知，那個有離開客廳、進入過自己房間的人，其清白是來自她在客廳的同伴的證詞……

標準答案！標準答案！雷伯伯，您的腦力，還不算太退化嘛。

如果說，那位同伴作了偽證呢？

不不，這麼說不夠精確。應該這樣講：如果那位同伴被人誤導，而說出了自以為是真實但卻是謬誤的證詞呢？

雷伯伯，套句連續劇裏常見的臺詞：我不懂您在說些什麼？

什麼叫做自以為是真實但卻是謬誤的證詞？您已經老糊塗了。這樣吧，我上網買罐銀杏寄給您。

「我有一組日本製的鼻墊貼，要不要試試看？」

當晚，那個人對同伴說完，就拿起同伴放在茶几上的鏡框眼鏡，起身進房。同伴自然以常理斷定，那個人是進入自己的房間裏找鼻墊貼了。

況且，第二間房與第三間房的房門是相緊鄰的。鏡框眼鏡被帶走的同伴，以她近視度數快兩千度的裸視，無從分辨出那個人是進入了哪一間房裏……

更別提隔開客廳與餐廳的那排高高的收納櫃，也能混淆同伴從沙發看過來的視線。

您是在暗示，那個人離開客廳後進入的不是自己的房間，而是游慧妤住的第二間房嗎？

雷伯伯，您吃飽閒閒的想像力，令我嘆為觀止。

那個人進入了游慧妤住的第二間房後，便從房間的窗戶攀出，沿著那條寬逾十公分的外牆突出物，跳進了前陽臺，悄然接近古瑄慈房間的窗戶……

勒死古瑄慈後，那個人再沿著外牆突出物回到游慧妤的房間。

「抱歉，新的那組鼻墊貼我怎麼找都找不到。」那個人打開游慧妤的房門，對客廳裏的同伴說：「我拆我鏡框眼鏡上的那組舊的給妳好了，不介意吧？」

「不介意。」

同伴說。這時候，那個人再關上游慧妤的房門，進入隔壁自己的房間後，一手握著同伴的眼鏡，另一手握著鼻墊貼回到客廳……

雷伯伯，要編故事也慢一點、慢一點。

據法醫的鑑識結果，古瑄慈脖子上的勒溝是被長條狀物的兇器纏繞而成的。試問：您說的那個人把兇器藏去哪兒了呢？藏去哪兒了呢？警方可是在公寓內外搜索了半天啊。

那個人行兇後，只需將兇器放回原處即可，連藏都不必藏。

什麼？藏都不必藏？哪有這種事？

因為，兇器就是那條在公寓外牆上的cable線啊！

cable線的一端連著第三間房裏的電視機，另一端連著前陽臺上的電視分享器。

那個人沿著外牆突出物跳進前陽臺後，便從電視分享器上拆下cable線的一端。行兇後，再把cable線裝回電視分享器上，沿著外牆突出物回到游慧妤的房間。

兇器看似遠在天邊，實則近在眼前，豈不是連藏都不必藏？

兇器是cable線？哈哈哈、哈哈哈哈哈哈。是誰惹毛了您嗎？讓您這樣火力四射，說謊也不打草稿？

雷伯伯呀雷伯伯，子虛烏有的東西，您也能講得天花亂墜？口業造太多，您不怕下地獄？

還是蔣俊生夜裏有託夢給您，要您替他平反申冤啊？

那傢伙玩弄感情，死有餘辜，您又何必淌這渾水呢？

那個人成功殺害了古瑄慈尚不知足，還用計除去了蔣俊生，並偽裝成蔣俊生畏罪自殺的樣子。

這更扯了。什麼偽裝？

蔣俊生當然是畏罪自殺的，有錯嗎？

您說他是被那個人殺的？他在古瑄慈的房間上吊時，那個人在頂樓，又不在現場，要如何下手？不在現場，要如何下手？雷伯伯，你，給我說說看啊！

詭計是這樣的。

那個人是以從頂樓的兩具電纜軸垂下的粗麻繩，吊死了古瑄慈房間裏的蔣俊生。當發現蔣俊生的屍體時，那個人再支開同伴，將現場佈置成蔣俊生上吊自殺的樣子。

怎麼樣，被我說中了吧？

那個人將電纜軸從頂樓移走後，電纜軸印在地磚上的圓形痕跡被遮雨棚擋著，沒給大雨沖刷掉。百密一疏，就這麼露了餡……

雷伯伯、雷伯伯、雷伯伯。

振振有詞，道理就全在你那邊嗎？光憑個空穴來風的圓形痕跡，你就想定那個人的罪？

我相信，待警方上去頂樓後，他們什麼圓形、方形、三角形的痕跡都不會看到的！

只要沒有證據，以上你所說的，就都是些空話。都是空話。

雷伯伯，我還要告誡你。當你將一根指頭指向別人時，其餘四根指頭則指向了你自己。

你以為你自己就坦蕩蕩嗎？你以為你就行得正、坐得直嗎？你以為過了法律上的追溯期，三十年前你所犯下的罪行就煙消雲散了嗎？

若要人不知，除非己莫為。

三十年前，你對戴秀真學姊所犯下的罪行！

戴秀真學姊！對，就是她。怎麼樣？雷伯伯，有沒有被我反將一軍啊？

幾分鐘前，我從彭威愷那裏問出了「阿貴」蚵仔麵線店的鍾老闆在筆記本上所記載的，你與戴秀真學姊之間那段不可告人的秘辛。

我什麼都知道了。

四十年前，還在軍校就讀的你因緣際會，與一位陸軍一級上將的女兒陷入熱戀。她父親隸屬軍方最大的派系，黨、政、軍界人脈豐厚，走到哪裏都吃得開。她這樣顯赫的家世是你攀龍附鳳的動力。只要能娶到她，你這名家境清寒的窮小子就能從谷底翻身，少奮鬥個數十年。

您抱持這樣的信念，突破萬難。

她父親終於應允了你們的婚事。人人稱羨的你就像中了彩券一樣，身處在開花結果的喜悅當中。婚後你育有一子。靠岳父庇蔭，你的軍職飛黃騰達、一帆風順，還當起了包租公，將十三號四樓也在內的多筆岳父贈予的房產出租。

好運彷彿用也用不完。

三十年前的那天下午，你從十三號四樓開門走下去，在樓梯間裏正坐著要來繳房租押金的新房客，女大學生戴秀真。

她穿一身黑色的長袖運動衣褲，雙臂環抱著一隻藏青色的側背包；後腦勺處的頭髮用深藍色的蝴蝶結髮飾，紮出個小馬尾來。

「妳……」

你舉起右手，只開口講了一個字，戴秀真就回過頭來。

她一回頭，新月眉下一雙美麗的明眸，瞬時在這陰暗的空間內熠熠生輝。區區一眼，已足以讓你心跳加速、屏息以待。

尤其是戴秀真仰望而來的眼神既帶著點慵懶又帶著點稚嫩，直將你的七魂六魄，都從軀殼裏頭勾引出來。

歲數大人家一輪以上的你就這樣避著妻兒耳目，不可自拔地沉醉在戴秀真的溫柔鄉裏。

那應該是最讓你回味無窮的一段人生了吧。好景不常，某日在床上歡愛過後，戴秀真對你呢喃道：

「我懷孕了。」

你上下顎合不攏，在床沿坐立難安。戴秀真續道：

「孩子是你的。」

「是嗎？」

「我要把孩子生下來。」

「妳要生下來？」

「孩子不能沒有合法的父親。」戴秀真用兩條裸臂勾住你後頸，認真地說：「所以我要你和你太太離婚，再娶我為妻。」

「什麼？」

「你和你太太離婚，再娶我為妻。」

離婚？

倘若你這麼做，失去太太事小，失去岳父事大。沒有你岳父，所有的榮華富貴都會被打回原形，你將什麼也不是、什麼也不剩了。

再怎麼精打細算，這都是個賠本買賣。

「很抱歉。雖然不中聽，但要我斬斷婚姻，是完完全全不可能的事。」

你堅決的態度，激得戴秀真玉石俱焚：

「這樣的話，我只好挺著肚皮去找你太太，公開這一切。」

戴秀真開始酗酒。可是，藉酒澆愁愁更愁。

就在她跌跌撞撞走進「阿貴」蚵仔麵線店的那晚，她趁起醉意，忿忿不平地請鍾老闆評評理。

「老闆，你一句話！」她拍打著餐桌面，倒起嗓來：「他是不是很爛、很賤？」

正在準備收攤的鍾老闆丈二金剛摸不著頭腦：

「同學，妳怎麼喝成這樣？」。

「他是不是很爛、很賤？老闆你說！」

「這……我不知道妳在說誰啊？」

戴秀真往餐桌後一坐，翹起單腿踩在圓板凳上，對鍾老闆數落與你的恩恩怨怨。

你如何誘姦她、她如何愛上你、出包後你如何沒有擔當、她如何進退兩難的來龍去脈……

聽得鍾老闆坐也不是、站也不是：

「妳說的那個男人是……」

「他姓雷，就是我現在的房東。」

戴秀真氣憤填膺，從齒縫間吐露出你的身分。

「他是妳的房東？」由於地利之便，鍾老闆開店時也看過你在斜對面的公寓上上下下過幾次：「這不是老牛吃窩邊嫩草嗎？」

「我給他一個禮拜的期限。如果他還不肯離婚，我就會去向他的太太告狀！」
「妳要去揭發他？」
「別以為我不敢。為了孩子，我什麼都敢！」
「但是，妳這樣做，還能留得住他嗎？」
「……」
「他要是跑了，妳的孩子怎麼辦？」
「管不了那麼多啦。這是他逼我的，錯全在他……」
數落完後，戴秀真就彷彿電用完了般，趴在餐桌上打起盹來，急得鍾老闆直嚷道：
「喂喂！妳可不能睡在我店裏頭呀！」

把戴秀真請走後，鍾老闆拉下鐵捲門，上樓進了自己的房間。

他生性怕事，即使再有同理心，也不可能為了一個店裏的客人挺身而出，主持什麼公道。愛莫能助啊。

不過，這種連續劇式的桃色糾紛，現實生活中也會降臨在戴秀真這樣白白淨淨的小美女身上，難免讓鍾老闆心癢癢地……

不枉大書特書一番。他從矮桌下的抽屜裏拿出記帳用的筆記本，翻到後面的頁數。再挑了一枝有水的原子筆後，他便以拙劣的字跡，在本子上一筆一劃地刻下戴秀真的酒後真言。

從專科畢業後，他就再也沒有一次寫過那麼多字了。

著墨最深的就是性愛的部分。當事人戴秀真既然毫不遮掩，鍾老闆下筆也鉅細靡遺，還私自加油添醋，就好像是在寫黃色小說一樣。

自己讀了都心猿意馬。他衝去廁所，狂抽了七、八張面紙後回房。

脫了褲子，正沉溺在與戴秀真的限制級畫面時，他從房間窗簾的空隙，瞥看到你閃進斜對面的公寓大門，摸上十三號四樓的蹤影。

雖然只有半秒鐘，你還是被他給認出來了。

這小子，深夜十二點多還在走跳，又要去戴秀真那裏洩慾了吧！

真教人眼紅。哪像我，孤家寡人地，也沒有空房可出租給女大學生，只能畏縮在這裏過過乾癮。

人比人，氣死人……

自憐間，他的左手也愈動愈快。

隔日下午，當戴秀真的遺體被蒙上白步抬出公寓時，鍾老闆不勝唏噓。

他在自己的筆記本裏質疑，戴秀真不是還想把孩子生下來嗎？她不是設下一個禮拜的期限，靜候男友結束婚姻，以自由之身歸來嗎？

如果男友失約，她還要去向男友的太太告狀呢。所以，她怎麼會輕生呢？警方怎麼會以此結案呢？

不太可能啊。

鍾老闆又在筆記本上寫道，相驗遺體後的推定結果，那天深夜，當他如火如荼地意淫戴秀真時，也正是她燃盡生命燭火的倒數時刻。

因此，那時候閃進公寓大門、摸上十三號四樓的你，她的男友，涉有重嫌。

而且，你的犯案動機也很完備。鍾老闆自忖，要不要克盡一個國民的義務，把自己掌握的線索向警方通報呢？
「別以為我不敢。為了孩子，我什麼都敢！」
霎時，戴秀真那短髮下的雪白膚色和細長而眼角上揚的雙眸，在鍾老闆跟前載浮載沉。
「他是不是很爛、很賤？老闆你說！」
要我說啊？唉……
人死不能復生。通報警方後，即使沉冤昭雪，又有何用？
又有何用呢？況且自己只是個做小生意的，管什麼閒事啊？
要是被姓雷的殺人滅口，不是得不償失嗎？多言必敗，還是小心駛得萬年船吧。
於是，鍾老闆將筆記本闔上後，塞回矮桌下的抽屜裏去。

時過境遷，雷伯伯，你就招了吧。
是你幹的吧？
那天深夜，是你先用跳繩勒死了戴秀真學姊，再把現場弄成她上吊自殺的樣子，對不對？
在她房間的窗框上緣，那根向房內突出的螺絲釘，也是你的傑作。
我沒說錯吧？
咦？不對、不對、不對。
我險些被糊弄了。我收到的那封信並不是雷伯伯寫的，而是冒他之名，以男性筆跡寫成的。
一個人口述，再由另一個人代筆……
我明瞭了。

既然如此，我就開誠佈公，將那個人的心路歷程暢所欲言，繼續把這封回信寫完，但絕不寄出。這樣就不會壞事，害那個人因為這封信而被關進牢裏。

去年盛夏，那個人還住在十三號四樓的時候，有天忘了帶鑰匙就出門了。適逢暑假，她的室友返鄉的返鄉、出國的出國。下午回去時，她只能打電話向雷伯伯求援，然後在樓梯間裏等他來開門。

她穿黑色的長袖運動衣褲，後腦勺處的頭髮用深藍色的蝴蝶結髮飾紮出個小馬尾來，雙臂環抱著一只藏青色的側背包，坐在樓梯上……

像極了當年的戴秀真學姊，是吧？

她這一等，還沒等到雷伯伯，倒先等到了蔣俊生。

那時還在博物館工作的蔣俊生被主管派去專訪一位畫家，卻找錯地址，而從樓上走了下來，向她問路。

那一刻，不啻為她命運的分水嶺。

蔣俊生雖畢業自美術系，但對各類藝術都有涉獵，正對了那個人的品味。而他所散放出來的熟男風采，更令她神往不已。

他們相談甚歡，一聊就聊開了。

彷彿重現戴秀真的後半生般，蔣俊生開始背著妻小去那個人的房間裏偷腥。宛如乾柴烈火的他們如膠似漆，做愛做得翻雲覆雨。

今年一月，當兩條深深的黑槓浮現在那個人的驗孕棒上時，她想也沒想，就把這個天大的好消息告訴了蔣俊生。

她將自己與蔣俊生共結連理的契機都寄託在這個新生命上。當這樣的憧憬被蔣俊生澆了一盆冷水時，直教她心寒。

別說是要蔣俊生離婚、再婚了，即使是自己的血脈，他都要趕盡殺絕。

「我不能要這個小孩。」蔣俊生不留轉圜餘地：「妳去拿掉它。」

兩個月後，那個人屈服在蔣俊生的絕情下，一把鼻涕一把眼淚地去了婦產科診所。

這是他們關係生變的轉捩點。此後，無休無止的爭吵讓蔣俊生筋疲力盡。

「我已經受夠了。」就在今年的八月十四日，蔣俊生鐵了心說：「我們還是分手吧。」

覆水難收。那個人聲淚俱下，仍喚不回變了心的男友。

分完手後，蔣俊生一走出十三號四樓的屋門，就跟在樓梯間裏的古瑄慈勾搭上了。

當天，急尋租屋的她坐在樓梯上等雷伯伯來，要去十三號四樓新空出來的第一間房裏看個究竟。

結果，她的新房間與新男友，都在一天之內搞定了。

因此，蔣俊生仍是十三號四樓的常客，只不過縱慾的場所從那個人住的第三間房，移往了古瑄慈住的第一間房。

前男友與他的新女友就在自己住的屋子裏上演似曾相識的戲碼，讓那個人情以何堪。

太超過，太超過了……

我什麼都給了你，什麼也都聽你的，連孩子都可以不要了，你卻是這樣回報我！

某晚，蔣俊生與古瑄慈外出未歸，而古瑄慈又沒將她的房門鎖實。

那個人潛入古瑄慈的房間，翻出衣櫃裏蔣俊生的內衣褲，又看著凌亂的床鋪上頭，沒擦乾淨的男性液漬斑斑……

再想到與自己緣慳一面的孩子，她悲從中來，掩面哭泣。

哭了彷彿有一個世紀那麼久。

直到眼淚流乾後，那個人的雙手一從眼皮上移開，就與浮在窗外的紅衣女鬼四目相接。

長髮覆面的紅衣女鬼……

在這第一次也是最後一次的接觸之中，女鬼以深不見底的雙眼承載著悲憫之情，定睛望向那個人。

在絕望中接收到的溫暖，讓那個人忘卻了恐懼。女鬼振動雙唇，對那個人說了些什麼……

那個人回道：

「……是嗎？好，好……」

女鬼又對那個人說了些什麼……

「好，我答應妳、我答應妳……」那個人擦乾淚痕，又回道：「我絕不會，輕饒蔣俊生與古瑄慈那對狗男女。絕不會！」

她允諾後，女鬼便消失了。

那女鬼不作第二人想，就是戴秀真學姊的冤魂。

從「批踢踢」上獲悉「本校學姊的吊死鬼詛咒」，又觀察到古瑄慈已懷孕後，那個人便構思出個一石二鳥之計。

先將古瑄慈勒死在她的房間裏，讓人聯想到吊死鬼的詛咒，而以為她是詛咒下的犧牲品。

如果裝神弄鬼不成，再將她的死嫁禍給蔣俊生。

那個人就這樣，靜待著下手的時機……

十二月的第一個星期五晚上，室友游慧妤返回老家，她的房門鎖又故障，給予那個人第一個可乘之機。

連綿的大雨阻絕來自鄰居的視線，雨聲又能干擾人的聽力，給予那個人第二個可乘之機。

游慧妤的同班同學戴著高近視度數的鏡框眼鏡來訪，給予那個人第三個可乘之機。

蔣俊生與古瑄慈回來時，在古瑄慈的房間裏發生爭執，蔣俊生負氣而去，給予那個人第四個可乘之機。

天時、地利、人和，不殺古瑄慈都不行。

那個人先以天候與搜尋書評為由，將游慧妤的同學強留在屋內。

十一點十分，蔣俊生離開屋子後，那個人再順水退舟，假意回房幫游慧妤的同學找鼻墊貼，實則溜進了游慧妤的房間。

只要將游慧妤的同學那副高近視度數的鏡框眼鏡帶走，不要讓她戴上，就不怕被識破啦。

那個人穿戴起藏在口袋裏的橡皮手套與短襪，從游慧妤房間的窗戶攀出，在雨遮的防雨保護下，沿著外牆突出物跳進前陽臺。

那個人拆下前陽臺上的cable線後，挨近古瑄慈房間的窗戶。古瑄慈還穿著銀色披肩型罩衫與黑短裙，背向坐在床上嗚咽著。

窗戶是關閉的。但因為有窗框上緣的那根螺絲釘，所以既關不實，也無法上鎖。

那個人向下推開窗戶，探入上半身，用手上的cable線緊緊纏住古瑄慈細瘦的脖頸。

一、二、三……

那個人默數到二十時一鬆手，古瑄慈便仰倒在地。

別再為了那種男人心傷了，就此解脫吧！

那個人關上窗戶，用手套將cable線擦拭後歸位，再沿著外牆突出物回到游慧妤的房間，脫下手套與鞋襪，塞回口袋。

她打開房門，對游慧妤的同學說：

「抱歉，新的那組鼻墊貼我怎麼找都找不到。我拆我鏡框眼鏡上的那組舊的給妳好了，不介意吧？」

游慧妤的同學答覆不介意後，那個人走出游慧妤的房間，關上游慧妤的房門，再打開自己的房門，進房將手套與短襪藏妥，拿了舊鼻墊貼而出，關上自己的房門。

那個人知道，這些動作在游慧妤同學的裸視中，只是一團閃來閃去的模糊光影而已。

當鬼神之說不被警方採信後，那個人便溜去蔣俊生家通風報信。

「古瑄慈的死，警方已經懷疑到你頭上了。因為……」

那個人的話句句切中要害，讓蔣俊生驚慌失措：「我沒有殺她！不是我，我沒有殺她！」

「我也不相信你是真兇。可是，你沒有不在場證明啊。」

「那……我該怎麼辦呢？」
「這樣吧，我可以幫你憑空捏造一個。」
「妳願意救我？」
「我們情人做不成，友誼還是可以常存。」那個人握住蔣俊生的手說：「我怎麼能眼睜睜地看著你被逮捕呢？」
「可是，妳要怎麼捏造呢？」
「你到案發現場去，我再示範給你看。」
「謝謝妳，還是妳對我最好。」
「但是，你必須先寫一份悔過書給我。」
「悔過書？」
「悔過書的內文如下：『在此，我要為我曾犯下的罪過，真心向妳懺悔與贖罪，由衷祈求妳的諒解。』」
寫悔過書？小case。只要不用鋃鐺入獄，蔣俊生什麼都肯寫。
為掩護犯行，那個人又挑選了一個有雨的下午時刻。
蔣俊生依約前往十三號四樓的公寓，並應那個人所請，將寫好的悔過書放在古瑄慈房間的梳妝台上，用古瑄慈的美工刀壓住。
與游慧妤的同學從飲料店來到十三號四樓鐵門外的那個人，中午已先將放在前陽臺裏的兩具空電纜軸搬移至頂樓，一左一右地放置在遮雨棚底的地磚上，再將前陽臺裏的粗麻繩也帶上頂樓，以美工刀截成一長一短兩部分。

長麻繩的中段被以活繩結綁出一個又寬又大的繩圈，兩端則被捲繞在兩具電纜軸上。

那個人以檢查自己晾的內衣褲為幌子上到頂樓後，隨即轉動兩具電纜軸的把手，從頂樓向十三號四樓的前陽臺垂下繩圈。

她以撿來的石塊，向古瑄慈房間的窗戶丟擲。

當蔣俊生伸出窗戶察看的頭進入繩圈圓周內時，那個人逆時針轉動電纜軸的把手，縮緊繩圈套住蔣俊生的脖子，被朝頂樓方向拉回的長麻繩便將蔣俊生懸空吊死在房間裏。

那個人將短麻繩揉成一團後藏進機車包裏，回到了四樓。

走進蔣俊生陳屍的現場，藉故支走游慧妤的同學後，那個人戴起預藏在機車包裏的手套，將短麻繩的一端打了個繩圈後套住蔣俊生的脖子，另一端則綁牢在窗框上緣的螺旋釘上。

接著，解開勒在蔣俊生脖子上的長麻繩，從窗外向頂樓回扔。

將丟擲窗戶的石塊扔進前陽臺的雜物堆裏，再握住蔣俊生的手，在短麻繩上留下他的指紋。

將手套塞進自己的內褲裏後，那個人便重拾病容，等游慧妤的同學回來。

可別因為這兩件命案的手法被揭密得行雲流水，就小看了犯案的兇險。

沿著公寓外牆的突出物去殺古瑄慈時，假如步履不夠謹慎，遭雨遮外的大雨淋濕，那個人的房間詭計就無法自圓其說；即使再換上乾衣服，也會有不自然之嫌……

游慧妤的同學會不會從自己沒眼鏡可戴這件事揣測到房間的詭計，也讓那個人耿耿於懷……

殺蔣俊生用的那兩具電纜軸重得嚇人。搬移到頂樓時，還得避人耳目……

轉動電纜軸的把手，以及將蔣俊生脖子上的長麻繩換為短麻繩都需要力氣。換到一半時，如果游慧妤的同學跑回房來，那就不用玩了……

游慧妤的同學是否會察知到她出去找嘔吐藥前後，蔣俊生脖子上的麻繩有從窗外上方延伸進來與綁在窗框螺絲釘上的差異，也會是個變數……

在把電纜軸與長麻繩移回前陽臺並擦掉上面的指紋前，還得阻擋警方上去頂樓偵查，否則將前功盡棄……

然而，再怎麼兇險，都比不上警方從死者的人際關係過濾出曾遭蔣俊生情傷的犯案動機，而將嫌疑直指那個人來得兇險。

因此，非要有游慧妤的同學這樣的第三人在場不可。

有她在場，才能力保兩件命案案發時分處在第三間房與頂樓的那個人絕不可能殺人、犯案機率是零，來為那個人的清白背書。

而這位證人也不負所望，指證歷歷。拜她所賜，那個人才得以脫罪。

少了如此重量級的證人，那個人是成不了事的。雖然，真相終究被證人看穿……

那封冒雷伯伯之名寄給我的信，就是在這位證人口述下，由彭威愷代筆寫成的。

隱身在信紙後的藏鏡人就是她，游慧妤的同學，程伊玲。

且看在那封信的結尾處是如何露出馬腳的：

警方查出，蔣俊生在與古瑄慈相識前，還有一位叫作Cécile的交往對象。

Cécile是法文，既是「變」這本涉及三角關係的法國小說裏情婦的名字，也是那個人去年在讀這本小說時所用的網路暱稱……

那個人並沒有把她讀過「變」的事告訴過雷伯伯，而只告訴過程伊玲一個人。

所以，我收到的那封信不會是雷伯伯寫的，而是程伊玲在看穿真相後，下給那個人的最後通牒。

但是，案發現場的證據，已經全被那個人給湮滅了。

除非我寫的這封信，這份犯罪自白曝光，否則要將那個人繩之以法，難如登天。

是的，犯罪自白。

走筆至此，再遮遮掩掩也無益。那個人，那個網路暱稱為Cécile，由愛生恨而殺害古瑄慈與蔣俊生的人，就是我。

天下無不散的筵席。程伊玲學妹，縱使我們曾那麼投緣，在看了妳那封最後通牒的信後，我必須狠下心來，跟妳徹底劃清界線。

因為，我還有大好的前程，不能被這兩件命案所誤呢。

最後，還有一件事，令我百思不得其解。

在殺蔣俊生前，我曾就地演練了不下十次。該如何下手，我瞭然於胸。

逆時針轉動電纜軸的把手，縮緊繩圈套住蔣俊生的脖子，並朝頂樓方向拉回麻繩時，被吊在窗邊的他能夠就近踩著求生的最高處，就是距地面一百公分的梳妝台面，不，是距地面一百五十五公分的梳妝台鏡面的頂部。

他在鏡面頂部上踮起腳尖，可再多個二十公分。所以，只要我將麻繩拉回超過一百七十五公分，他必死無疑。

就定在一百八十公分吧，以防節外生枝。

測量電纜軸的周長，就能計算出逆時針轉動把手一圈後麻繩被拉回的長度；再換算出每拉回既定長度的麻繩時，把手必須被轉動的圈數。

當日下午，我默記著圈數，上到了頂樓。

當拉回的麻繩長度才來到十公分時，我所轉動的把手就變輕了。

麻繩彼端的重量銳減。我知道，這是因為蔣俊生貪生怕死，早早就攀附到梳妝台上，麻繩支撐的體重轉由梳妝台承接所致。

夜長夢多，可不能拖拖拉拉地。我加快轉動把手，二十公分、三十公分……

只恨不能親見站在梳妝台上的蔣俊生看著他脖子上的麻繩由彎變直、由緊變鬆時，那副魂不附體的樣子。

能悲壯地死在這場應景的大雨之中，他已經不虛此生了。種什麼因，得什麼果。他怎麼對我、對我們的孩子，我就怎麼對他。

好事多磨。當拉回的麻繩長度來到五十公分時，我左邊那具電纜軸的把手卡住了。

轉也轉不動。怎麼搞的？

敢情是捲繞在那具電纜軸上的麻繩互纏了一小段。然而，我手指費勁到都快抽筋了，就是解不開。

都拼到這個份兒上了。老天無眼，要我全盤皆輸嗎？愈是解不開，我就愈是慌亂。

死定了、死定了、死定了……

蹉跎了三、五分鐘後，麻繩彼端的重量遽增，向下一沉。

這是因為梳妝台承接的蔣俊生體重又轉由麻繩支撐所故。可是，我還沒趕得及將麻繩拉回得夠長，

蔣俊生的身體就脫離梳妝台了嗎？

他是怎麼脫離梳妝台的？

思忖間，下沉的麻繩將在電纜軸上互纏的部分扯開，把手也變重了。我屏氣凝神，管他三七二十一，還是將麻繩拉回到預定的一百八十公分。

從往前傾倒在案發現場裏的梳妝台，只能拼湊出浮面的真相。

只能拼湊出「當我拉回的麻繩長度來到五十公分時，蔣俊生腳下的梳妝台往前傾倒了，梳妝台承接的體重轉由麻繩支撐，所以麻繩彼端的重量遽增」的浮面真相……

但追根究柢，梳妝台好好地，為什麼會倒呢？

是因為蔣俊生視死如歸，自己將梳妝台踢倒，慷慨赴義？

別搞笑了，吃大便去吧。他才不是這種人咧！說他雙腿酥軟，從梳妝台上滑了下來，還比較有可能。

可是，他失足時或是他因而被吊在半空垂死時的腿勁，能強到將梳妝台踢倒？

也許能、也許不能，我不知道。

最後一個可能性：梳妝台是被蔣俊生外的別人弄倒的。

這個人在我上去頂樓時摸入古瑄慈的房內，以為身在梳妝台上、脖子套著繩圈的蔣俊生是要自縊，卻搶在我將麻繩拉回得夠長之前弄倒梳妝台，提早送蔣俊生去黃泉……

再回到鐵門之外若無其事，等我下來。

如果此可能性屬實，那麼這個人不作第二人想，就是那時候身上有游慧妤的鑰匙而可自由進出屋子的妳，程伊玲學妹。

如果此可能性屬實，那麼，妳和蔣俊生之間有什麼深仇大恨？妳也愛上了他？他也對不起妳？

我知道妳曾對他有意，也為此訓過妳一頓。還是，另有隱情？

雖然永遠也看不到這封信，但是，程伊玲學妹，妳可以心有靈犀地回答我，妳為什麼要殺害蔣俊生嗎？

范苡薰

#【後記】

《密室吊死詭：靈異校園推理》是在二零一三年九月，我僥倖以《我是漫畫大王》獲得「第三屆島田莊司推理小說獎」後的首作，脫稿時間約在當年年底至翌年年初之間。

當時自己怎麼也預想不到，本作的出版過程竟會一波三折（真的是「三」折）而好事多磨，等待了整整四年，甚至排在後作《尋找結衣同學》之後，才得以付梓問世。

我不止一次地懷疑過，是不是由於原題《吊死鬼的詛咒》發功，果真遭受到了「詛咒」，才害本作遲遲不得見天日？東野圭吾曾經以「父母不爭氣，拖累孩子得不到肯定」的心情，向他某部初期未獲好評的作品道歉。類似地，我也很想要以這樣的心情，向出版過程不順遂的本作道歉。

我本就是恐怖片的愛好者，所以本作的發想基礎是以靈異故事包裝、但骨子裏仍是原汁原味的本格推理。時隔四年重讀書稿後，自評應該沒有偏離這樣的基礎才對。女主角「臭臉正妹」程伊玲曾經以她的舊名「岑伊琳」的中學生身分，出現在我刊登於中國《歲月推理》雜誌銀版二〇一四年三月號的〈去問貓咪吧〉短篇作品中。在長篇的本作裏，我努力賦予這個人物不同層次的立體感，企圖將她豐富而厚實的意象傳達給讀者。如果這個目的沒有達成的話，我希望能有機會在後續的作品中繼續加油。

倘若與劇情性十足的《尋找結衣同學》相比，本作其實更像是一部「小品」。實際上，這也與我寫作當時的初衷不謀而合：我本來就沒有打算要在這樣的架構下玩出多麼大的東西；而這個架構，也不一定能夠承載得起。然而在結局的意外性方面，我在本作下了不少工夫，並不因為它是「小品」而有所含糊。

或許讀畢全書後，會讓某些讀者留下更大的懸念而無法釋懷。我不得不承認，這其實也是我的盤算之一；儘管某些讀者並不喜歡（甚至討厭）這樣。

坦白說，無論是在本作中出現的人物也好、鬧鬼房間的那戶格局也好，從現實取材的比例都高得驚人。不過，喬齊安編輯仍然就「有所本」的原書稿從人物的動機、恐怖的氛圍等面向提出不少寶貴的意見。我在逐一改寫後，如果沒有在這些面向成功地說服讀者，責任全在作者而非編輯身上。

身為作者，自然非常期待本作能得到讀者的共鳴。有不同的意見的讀者，如果能以真誠而理性的方式表達出來，我會非常非常感恩。

最後，千言萬語都不足以表達我對喬齊安編輯的感謝。若不是他一手催生，本作斷不會以如今的面貌出現在讀者的眼前。說他是上天賜給台灣類型文學文壇的禮物，絕不為過。我要再度對他暨他周圍的團隊成員致上深切的感激之意！

胡杰

要推理39　PG1645

要有光
FIAT LUX

密室吊死詭：
靈異校園推理

作　　者　胡　杰
責任編輯　喬齊安
圖文排版　周妤靜
封面設計　葉力安

出版策劃　要有光
製作發行　秀威資訊科技股份有限公司
114 台北市內湖區瑞光路76巷65號1樓
電話：+886-2-2796-3638　傳真：+886-2-2796-1377
服務信箱：service@showwe.com.tw
http://www.showwe.com.tw
郵政劃撥　19563868　戶名：秀威資訊科技股份有限公司
展售門市　國家書店【松江門市】
104 台北市中山區松江路209號1樓
電話：+886-2-2518-0207　傳真：+886-2-2518-0778
網路訂購　秀威網路書店：http://www.bodbooks.com.tw
國家網路書店：http://www.govbooks.com.tw
法律顧問　毛國樑　律師
總 經 銷　易可數位行銷股份有限公司
地址：231新北市新店區寶橋路235巷6弄3號5樓
電話：+886-2-8911-0825　傳真：+886-2-8911-0801
e-mail：book-info@ecorebooks.com
易可部落格：http://ecorebooks.pixnet.net/blog

出版日期　2017年8月　BOD一版
定　　價　270元

Printed in Taiwan

國家圖書館出版品預行編目

密室吊死詭 : 靈異校園推理 / 胡杰著. -- 一版.
-- 臺北市 : 要有光, 2017.08
面； 公分. -- (要推理 ; 39)
BOD版
ISBN 978-986-94954-3-1(平裝)

857.81 106010666

讀者回函卡

感謝您購買本書，為提升服務品質，請填妥以下資料，將讀者回函卡直接寄回或傳真本公司，收到您的寶貴意見後，我們會收藏記錄及檢討，謝謝！如您需要了解本公司最新出版書目、購書優惠或企劃活動，歡迎您上網查詢或下載相關資料：http:// www.showwe.com.tw

您購買的書名：________________________________

出生日期：________年________月________日

學歷：□高中（含）以下　□大專　□研究所（含）以上

職業：□製造業　□金融業　□資訊業　□軍警　□傳播業　□自由業

□服務業　□公務員　□教職　□學生　□家管　□其它____

購書地點：□網路書店　□實體書店　□書展　□郵購　□贈閱　□其他

您從何得知本書的消息？

□網路書店　□實體書店　□網路搜尋　□電子報　□書訊　□雜誌

□傳播媒體　□親友推薦　□網站推薦　□部落格　□其他________

您對本書的評價：（請填代號　1.非常滿意　2.滿意　3.尚可　4.再改進）

封面設計____　版面編排____　內容____　文／譯筆____　價格____

讀完書後您覺得：

□很有收穫　□有收穫　□收穫不多　□沒收穫

對我們的建議：________________________________

____

____

____

請貼
郵票

11466
台北市內湖區瑞光路 76 巷 65 號 1 樓
秀威資訊科技股份有限公司 收
BOD 數位出版事業部

(請沿線對折寄回，謝謝！)

姓　名：________________　年齡：________　性別：□女　□男

郵遞區號：□□□□□

地　址：________________________________

聯絡電話：(日)________________(夜)________________

E-mail：________________________________